啼かない鳥は空に溺れる

唯川恵

幻冬舎

啼かない鳥は空に溺れる

装幀　印南貴行

写真　加藤純平

プロローグ

《週末、いつものように娘とふたりでランチに出掛けました。

青山にある、素敵な日本料理店です。

夜は懐石コースしかなくて、とてもお高いとのことですが、ランチはお手頃なので『どうしても、おかあさんと食べたかったの』と、娘が選んでくれました。

本当は、娘は少し風邪気味だったので、無理しなくていいのよ、と、言ったのです。でも『おかあさんと一緒に食べた方が元気になるから』ですって。まったく、いつまでも子供で困ったものです。

親馬鹿と笑われてしまいそうですが、娘は本当に母思いの子に育ってくれました。母子家庭なので辛い時期もありましたが、こうして娘とふたり、仲良く暮らせる日々に感謝するばかりです。

では、お料理をご紹介しましょう。写真があまりうまく撮れてなくてごめんなさい。

どれも盛り付けが凝っていて、目にもおいしい一皿です。日本人に生まれてよかったと思う瞬間。これで2800円なら言うことなし。娘と一緒のランチだと、おいしさも倍増です。みなさんにも、ぜひお勧めしたいお店です。

このブログを始めてそろそろ一年。

娘とのふたり暮らしの日々を綴っただけの、こんな平凡なブログですが、これからもどうぞよろしくお願いします。》

1 千遥

読み終えると、千遥《ちはる》は鼻白んだ思いでパソコンをシャットダウンした。

出掛ける店の情報をネット検索していて、たまたま出くわしたブログだった。

年齢が書いてあるわけではないが、内容からして、いい年をした母と娘のはずである。こんなべったりした関係でいるなんて、気持ち悪いとしか言いようがない。

千遥はベランダに顔を向けた。窓の向こうに見えるのは、宵闇《よいやみ》が迫りつつある等々力渓谷《とどろきけいこく》公園の森である。少し風が出て来たのか、木々が不均衡に揺れている。

キッチンへと立って、千遥は湯気の上がる鍋の中を覗き込んだ。ミネストローネが煮込まれ、ほどよいとろみがついている。今夜のメニューはそれと蒸しチキン、あとはトマトサラダだ。ワイングラスも用意しよう。冷蔵庫では白が冷えている。

食器棚からグラスを取り出し、対面式キッチンを回り、ダイニングテーブルの前に来たところで千遥は足を止めた。

〈あいつのためってわけ？〉

いつの間にかミハルが座っていた。ミハルはテーブルに片肘をつき、そこに顎を乗せて、呆れ返った顔をしている。

「違うよ。私が食べたかっただけ。ここのところ外食続きで、カロリーもオーバーしてたし」

〈でも、ふたり分あるじゃない〉

「ついでだから」

千遥は無視してグラスを並べた。

〈千遥ったら、どうしちゃったのよ。あんな、月に十五万しか稼げないようなフリーターを家に入れて、その上料理まで作って、馬鹿もいいとこ。早く追い出しなさいよ〉

「わかってる。しばらくの間だけだって」

〈しばらくって、もう一週間以上も居座ってるのよ。つまみ食いにしても、もっとマシな男は選べないの？〉

「だから、そんなんじゃないって言ってるでしょ。彼も一生懸命頑張ってるみたいだから、ちょっと同情しただけよ」

〈一生懸命ですって？〉

ミハルは軽蔑したように、唇の端を歪めた。

〈そんなものがいったい何の役に立つっていうのよ。千遥、あなた、もう三十二なのよ。子供じゃあるまいし、頑張りさえすれば成功するなんて、世の中そんな甘くないことぐらいわかってるでしょう?〉

千遥は返事をせずに、キッチンに戻ってトマトを切り始めた。

〈まさか、あいつのセックスがよかったとか? それですっかり色ボケしちゃったとか?〉

「やめてよ」

〈あいつのこと、あの人にバレたら、ここから追い出されるよ。千遥みたいな安月給が、こんなに優雅に暮らせるのはあの人がいるからじゃない。そうなったら困るのは千遥なのよ。それでもいいの?〉

千遥は官公庁の外郭団体で職員をしている。職員といっても単なる契約社員でしかなく、年収は三百万ほどだ。

「わかってる。ちゃんとバレないようにしてるから」

〈あんな男のために危ない橋を渡るなんて、救いようのない馬鹿。ほんとに大馬鹿〉

さすがに千遥は言い返した。

「そんなに馬鹿馬鹿言わないでよ。私だってちゃんと考えてるんだから。いいから、もう消えて」

ふん、と、ミハルは鼻を鳴らして、見る間に霧散していった。

千遥はレタスの入ったサラダボウルにトマトを盛り付けてゆく。ドレッシングはマヨネーズで済ますつもりでいたが、カロリーのことを考えて手作りしようと思い直し、冷蔵庫からビネガーを取り出した。

ミハルは時々こうして現れる。初めて会ったのは五歳の時だから、もう二十七年もの付き合いになる。けれども、それは記憶にあるだけで、たぶん生まれた時から、いいや生まれる前から一緒だったはずである。

ミハルはいつも辛辣《しんらつ》に、千遥にあれやこれやと口出しする。今までいったい何度喧嘩しただろう。そして、何度やり込められて来ただろう。ミハルがいなかったら、もっと快適に暮らせたに違いないと思う。けれど同時に、ミハルのいない人生なんて考えられないこともわかっていた。ミハルは千遥にとって、この世の中で唯一の友であり、たったひとりの味方でもあった。

チャイムが鳴って、インターフォンの画面に功太郎《こうたろう》が映し出された。奥二重の目はどこか呑気な大型犬に似ていて、人を和ませる雰囲気がある。

「ただいまぁ」

おどけながら顔の前でピースサインをしている。功太郎はいつも呆れるほどに明るく、屈託がない。

玄関に出てドアを開錠すると、入って来た功太郎が鼻をひくひくさせた。

「おっ、いい匂い。今夜は何？」

「大したものはないよ。スープと、今からチキンを蒸すだけ」

「おお、チキンですか。有難い有難い。千遥さんの手料理が食えるなんて、俺は世界一の幸せ者だ」

調子のいいセリフに、つい笑い出しそうになる。しかし実際に笑ったりはしない。むしろ、不機嫌そうに返す。

「手、洗って来たら」

「はいはい」

功太郎が洗面所に入ってゆく。千遥はチキンを蒸し始めた。やがて、よれよれのジャージに着替えた功太郎が、テーブルのグラスを認めてニッと笑った。

「おっ、ワインもあるんだ。俺のために悪いなぁ」

「私が飲みたかったの」

「栓は俺が開けるよ」

功太郎はキッチンに行き、冷蔵庫から白ワインを取り出すと、引き出しの中からワインオープナーを手にした。それから、千遥を背後から抱きしめた。

「千遥さんとこんなふうに過ごせるなんて夢みたいだ。俺、これから何もかもうまくいく気がしてるんだ。いや、気だけじゃない、千遥さんのためにも絶対に成功してみせるから。だから、もう少し待ってて欲しい」

耳たぶに軽くキスをして、功太郎がテーブルに戻ってゆく。千遥は蒸し上がったチキンを皿に移し、レモンを絞った。すでに、功太郎はグラスにワインを注いでいる。

向かい合って座り、乾杯、とグラスを軽く重ねた。期待通りのさっぱりとした味わいに、千遥は満足する。

功太郎は早くもチキンに箸を付けている。ひときれ口に放り込むと、嚙みもしないうちに「うまい！」と、絶賛した。

「蒸し加減といい、レモンの絞り具合といい、さすが千遥さん、プロ顔負け」

簡単な料理である。これもいつものことだった。功太郎は何を食べても「うまい」しか言わない。お世辞もあるだろうが、もともと味覚が鈍いのだろう。

「明日だけど、わかってるよね」

話の腰を折るように、千遥は言った。

「えっ、何だっけ？」

功太郎が呑気に返す。

「言ったでしょ、明日は父親が上京するから、友達の家に泊まって来てって」

「ああ、そうだった。うん、わかった、そうするよ」

「泊めてくれる友達、いるの？」

「何とか」

「だったら、早くそこに移ってよ」

「うーん、それはちょっと」

「もう一週間以上たってるのよ」

「うん、わかってる、ごめん」

その時ばかりは、功太郎は殊勝な顔つきでうなだれた。その様子は嘘くさいのに、どこか憎めない。千遥は小さく息を吐いた。ベランダの窓の向こうはすでに陽が落ち、森が空より暗く沈んでいる。その深く濡れたような漆黒は少し不気味でもある。

「いつか、千遥さんのおとうさんにきちんと会いたいと思ってるんだ」

功太郎が神妙な声で言った。

「今の俺じゃ無理だってことはわかってる。こんな年下のフリーターなんて、認めてもらえるわけがないもんな。でも必ず、おとうさんの前に出ても恥ずかしくないようになるから」

「そんなの考えなくていいの」

「千遥さんのおとうさんみたいに社長ってわけにはいかないけど、俺だって、試験さえ受かれば、就職先なんていくらでもあるんだ」

「受かれば、でしょ」

「そうだけど」

「試験、難しいって言ってたじゃない」

「まあ、司法試験と同じくらいにはね」

功太郎は少しだけ自慢げに目を細めた。

「でも、大丈夫、任しとけって。次は必ず合格する自信があるんだ」

千遥はサラダを口に運んだ。正直なところ、試験なんて、千遥にとってはどうでもいい話だった。功太郎と将来を考えるような気持ちはまったくない。

黙っていると、功太郎が言い出した。

「しかしさあ、今更言うのも何だけど、よく千遥さんが俺なんかに興味を持ってくれたと思うよ。初めて会った時、こんなに美人な上に、全身ブランドでびしっと固めてるだろ。見るからにお嬢さまって感じで、もう絶対に無理、俺なんか眼中にないって思ったもん」

「ほんと、何でだろ」

「セレブの気まぐれってやつ？」

千遥は少し考えてから、頷いた。

「まあ、そんなところ」

こんな高飛車《たかびしゃ》な答えでも、功太郎は嫌な顔ひとつしない。

「うんうん、それで十分。それだって超ラッキーだからな。でも、絶対に後悔はさせないよ。俺に出会ってよかったって、必ず思わせてみせるから」

功太郎は、自分を納得させるように、何度も頷いた。

それから、功太郎は今日一日にあったことを面白可笑《おか》しく話し始めた。どうでもいいことを、食べながら飲みながら、ひとりで喋り、ひとりで笑っている。

功太郎はいつもそうだ。馬鹿みたいだ、と千遥は思う。思うのだが、不快というわけではない。たまに千遥が笑うと、「あ、受けた」と、子供のようにはしゃいだ声を上げる。

どうして功太郎とこんなことになってしまったのだろう、と、千遥もまったく不思議に思う。

付き合うのであれば、収入にしろ外見にしろ、誰もが「さすが」と認めるような相手と決めていた。功太郎は見た目が悪いというわけではないが、所詮年下のフリーターである。問題外だった。家に泊めるどころか、デートの誘いにさえも乗らなかったはずである。それなのに何故こうして部屋に置いてやっているのだろう。

それは、功太郎が惜しみなく千遥を賛美するからに他ならない。それはたまらなく千遥を気持ちよくした。功太郎の前では、いつだって優越感に浸っていられる。

――そうよ、私は綺麗、私は優雅。毎日こんなにいい暮らしをしているの。満ち足りた日々を過ごしているの。

それを自分に確認できるのだ。


功太郎と出会ったのは、ひと月半ほど前、スポーツジムの知り合いから誘われた合コンだった。男女五人ずつ。それぞれ自意識をちらつかせながらの、いつもの合コンである。男はみなごく普通のサラリーマンで、会話も平凡だった。千遥の興味を惹くような相手はなく、アドレスを交換することもなく呆気なく終わった。

が、翌日、友人からこんな電話があった。

「芦田《あしだ》くんって覚えてる？　テーブルのいちばん左端に座ってた」

「えっと、どんな人だっけ？」

「ほら、パーカーにジーンズって、学生みたいな格好してた人」

「ああ」

頷いたものの、ぼんやりした記憶だった。躍起になって女たちの気を惹こうとしている男たちの中で、喋るよりも相手を探るよりも、飲み食いばかりに精を出していたという印象だけが残っている。

「彼がさ」と、言って、彼女は笑い出した。

「あれからもう、やばいやばいやばいで大変なんだって」

「やばいって、何が？」

「やだ、千遥のことよ。一目惚れみたい。あんな美人は見たことない、やばすぎるぐらい綺麗だって言いまくってるらしい」

「変なの」と、答えたものの、もちろん悪い気分ではなかった。やばい、だなんて、ストレートすぎる賞賛が、その時は妙に新鮮に感じられた。

「でね、今度またご飯でもどうかって言われたんだけど、どう？」

「別にいいけど」と、気楽に答えた。合コンは嫌いじゃないし、手放しで褒められたのも心地よかった。奢ってくれるなら殊更断る理由はない。

しかし、てっきりその友人も含めて複数での食事だと思っていたが、指定された青山のイタリアンレストランに行ってみると、待っていたのは功太郎ひとりだった。

功太郎はがちがちに緊張していた。その夜はさすがにパーカーではなく、ジャケットを羽織っていたが、借り物だと一目でわかるほど窮屈そうだった。必死に平静を装っていても、笑い出したくなるほど、身体中から千遥への好意を溢れ出させていた。

ワインを頼む段になって、功太郎はフロア係りに言った。

「俺は飲めないので、水をください」

「ガス入りとガスなし、どちらになさいますか」

との問いに、「あ、水道水でいいです」と答えた。

「でも、君は飲んでね。好きなの、注文して」

相手が飲まないのに自分だけ、というのも気が引けて、千遥はハウスワインを一杯だけ頼んだ。

功太郎はよく喋った。公認会計士を目指しているというのも、その時聞いた。年は二十八歳。四歳年下である。私立のW大を卒業後、税理士事務所で働きながら受験を続けていたが、一年前、上司とやり合って退職した。それ以降、学習塾の講師や肉体労働など、さまざまなアルバイトで食いつなぎながら、生活と勉強を両立させているという。

「それで、試験に受かったら、どうなるの？」

「就職なんて引く手数多《あまた》。年収一千万も夢じゃない」

「へえ」

「あ、信じてないだろ」

「まあね」

「任せてよ、絶対に実現させてみせるから」

呆れながらも、功太郎はどこか憎めない得なところがあった。何より、必死に千遥の気を惹こうとする様子が面白くもあり、自尊心をくすぐった。

食事が終わると、支払いは当然のように功太郎に任せた。外に出て、何となく飲み足りない気分があって「もう一軒、バーにでも行く?」と尋ねると、功太郎は飲んでもいないのに顔を赤くした。

「ごめん、俺、今の店ですっからかんなんだ。またバイトでお金を貯めるから、それまで一週間、待ってくれる?」

千遥は心底驚いていた。今までいろんな男と付き合って来たが、そんなことを言われたのは初めてだった。ワインを飲まなかったのもそのせいだったのだと、その時わかった。

電話番号とメールアドレスを交換する時、耳元でミハルの声がした。

〈こんな男と付き合うつもりなの?〉

まさか。

〈じゃあ、何で教えるの〉

面白がってるだけ。

アドレスを交換してからというもの、毎日、功太郎からメールが届いた。画面にはハートマークがいくつも並んでいた。

一週間後、同じレストランで待ち合わせた。「今夜はハーフボトルなら大丈夫だから」と、功太郎は嬉しそうに目を細めた。

その日も功太郎はよく喋り、さかんに千遥を褒め、何度も笑わせてくれた。一緒にいると、シンプルに楽しい気持ちがあった。だから、また一週間後に会ってくれる？　と、言われた時も、断る理由はないように思えた。

三回目のデートも、功太郎はやはりそこで一週間分の稼ぎを使った。だから、その帰り、千遥は言ったのだ。

「少しうちで飲んでいく？」

功太郎は何度も瞬きを繰り返した。

「えっ、いいの？」

どうして誘ったのか、と問われれば、気まぐれとしか答えようがない。アルバイト生活でやっとやっと暮らしている功太郎に、等々力渓谷公園の森が見える、五十平米・1LDKの部屋を見せたらどんなに驚くだろう、という、からかうような気分もあった。

実際、マンションに着くと、期待通り、建物を見て、部屋を見て、ベランダから外を見て、功太郎はすごいすごいを連発した。

「何ここ、すごい高級じゃないか。自分のマンション？」

「まさか」

「賃貸か。家賃高いでしょ。千遥さん、高給取りなんだ」

「私が払ってるわけじゃないから」と言ってから、少し間を置いて「父が借りてくれてるの」と続けた。

「へえ、千遥さんの家、お金持ちなんだ」

「大したことはないけどね」

「もしかして、社長とか」

「まあね」

実際、実家の父は故郷で小さいながらも不動産会社を経営している。

「わぁ、社長令嬢なんだ。すごいなぁ、やっぱりなぁ。初めて見た時から只者じゃないと思ったんだ」

ふたりでワインを一本空けた頃には、すっかり酔いが回っていた。功太郎はおずおずと千遥に近づき、キスをした。やがてためらいがちにニットの上から乳房に触れ、スカートの裾から指を伸ばして来た。もちろん、千遥は少しも慌てなかった。こうなることは自宅に誘った時からわかっていた。隣の部屋のベッドに行こうと言うと、功太郎はどぎまぎしながら付いて来た。ベッドの前に立ち、緊張しながら千遥の服を脱がせ、自分も裸になった。

長くて深いキスを交わした後、乳首や足の付け根を舌で愛撫された。行為の間中、功太郎は千遥を貴重品のように扱った。ずっと「好きだ」「綺麗だ」と言い続けていた。

やがてヴァギナにペニスが挿入され、功太郎が腰を動かし始めた。千遥は薄く目を開けて、功太郎を観察していた。

つい、白けた気持ちになっている自分に気づく――。

そんなふうに感じるのは、何も功太郎に限ったことではなかった。誰とセックスしても同じだった。その時の男の姿を見ると、どういうわけか興醒めしてしまうのだ。だから女友達が言うあの瞬間、たとえば「頭の中が弾けて真っ白になる感じ」も「身体の芯が熱くなって溶けてゆくみたい」も「全身、電気が走ったみたいにびりびりする」も、千遥にはわからないのだった。

「千遥さんと、こんなふうになれるなんて、夢みたいだ」

功太郎はまるで初めて女の子と経験した高校生みたいに、目をきらきらさせながら言った。

「俺、千遥さんを一目見た時、雷に打たれたような衝撃を受けたんだ。そういうことって、本当にあるんだってびっくりした。大事にするよ。絶対に幸せにするから」

功太郎が、こんなことを言い出したのは、四回目のデートの時である。

「申し訳ないんだけど、三日ほど置いてもらえないかな」

待ち合わせの場所に、大きなキャリーバッグを引き摺《ず》って現れた時からおかしいと思っていた。

「なんで?」

「それが、ひどい話なんだ。同居している友達のところに、彼女が三日間泊まりに来るから、その間、どこかに行ってくれって頼まれたんだよ。初めてできた彼女なもんだから、さすがに俺も断れなくてさ」

すぐに返事ができないでいると「頼む、三日だけ」と、両手を合わせて拝まれた。

「本当に三日だけね?」

千遥は念を押した。

「うん、絶対」

すでに一度は泊めているのだし、三日ぐらいなら、と思った。あの人が来る予定もない。もし、来るなら、前もって連絡をくれる。そうなったら、有無を言わさず追い出せばいい。

了承すると、功太郎はいそいそと付いて来た。家に着くや否や、やる気十分の様子を見せたが、セックスはさせなかった。前とは状況が違うし、千遥自身、そんな気になれなかった。拒否すると、功太郎は心底がっかりしたような顔をしたが、自分の立場を考えたのか、しつこく求めることはなかった。ひとりでソファで小さく丸まって寝た。

その時は、言葉通り三日で出て行った。しかし、半月もしないうちにまた同じことを言い出した。

「それって、どういうこと?」千遥は問い質《ただ》した。

「どうして、あなたばかりが部屋を出なきゃいけないの。友達とふたりで借りている部屋なんでしょう?」

功太郎はしどろもどろになりながら、その彼女というのが強引で、とか、あいつにもいろいろ事情があって、などと言い訳していたが、「何か、言ってることが嘘っぽいんだけど」と、更に問い詰めると、覚悟を決めたように、ごめん、と、頭を下げた。

「同居じゃなくて、居候《いそうろう》なんだ」

千遥は目をしばたたかせた。

「実は、アルバイトの収入だけじゃ生活が成り立たなくて、ずっと友達のアパートを転々としてるんだ。とりあえず次の友達のアテはあるんだけど、そいつにもちょっと都合があって、三日後じゃないと無理だって言われてさ。だから、その間だけ、頼みます」

最後、功太郎は頭《こうべ》を垂れて懇願した。懇願なんて、されるのもするのもうんざりだが、悄気《しょげ》返った姿を見ていると、憐憫《れんびん》と自負心がないまぜになったような気持ちになった。

「これが最後だからね、本当に三日だけだからね」

「助かる。恩に着ます」

それなのに、こうして一週間が過ぎても、功太郎はまだここにいる。

翌朝、功太郎をさっさとアルバイトに送り出し、出勤の支度をしていると、母から電話があった。月に一、二度、母はこうして電話を掛けて来る。

画面に映る「母」の文字を見て、どうしようか、迷った。できるものなら出たくなかった。けれども、出なければ母がどんなに機嫌を悪くするかもわかっていた。次の電話の時「何で出ないのよ」と、やり込められる。諦めたように、千遥は通話ボタンを押した。

耳に当てるや否や、高飛車な言葉が響いた。

「来月、ばあさんの法事があるけど、あんた、帰れるよね」

母はいつもこうだ。相手のことなどお構いなしに、唐突に用件を切り出す。

「えっと、いつ？」

母が日時を口にする。

「たぶん大丈夫」

「たぶんって、何よ」

「ううん、帰るから」

「だったら、最初からそう言えばいいじゃない。えらそうに、何をもったいぶってるのよ」

千遥は黙る。

「帰って来る時は、親戚にお土産を忘れないでよ。駅の売店なんかで売っているようなものじゃなくて、老舗《しにせ》のものにしてよ。安物を配ったら、何を言われるかわかったもんじゃないから。それと、近所の目もあるんだから、きちんとした格好で帰って来るのよ。あんたがいい年してまだ独身ってだけで、かあさん、どれほど肩身の狭い思いをしているかわかってるの？」

「気をつける」

「じゃ、頼んだわよ」

電話を切ったものの、千遥はしばらく動けなかった。母からの電話の後はいつもそうだ。胸を鷲《わし》掴《づか》みにされたように息が苦しくなる。自分を落ち着かせるため、千遥はしばらくじっとしていた。遅刻するのはわかっていたが、それでも平静さを取り戻すには時間が必要だった。

そうしているうちに、いつしか自分の中に言いようもない欲望が湧き上がって来るのを感じていた。それは溢れる水のように、身体に満ちていった。

欲しい、欲しい、欲しい。

頭に浮かんでいるのは、先週ショップで見たルブタンの靴である。

あの靴が欲しい。絶対に欲しい。

欲しいと思い始めると、いても立ってもいられないほどに欲求が渦巻いていった。どうにも抑えられず、千遥は買おう、と、決心する。高いけれど、お金なら何とかなる。だから買おう。するとようやくささくれだった思いが鎮まり、呼吸が楽になり、強張《こわば》った背中がほぐれていった。やっと自分が戻って来て、千遥はほっと息をつき、出勤の支度を整えた。


五年ほど前になる。あの時のことを、千遥は今もよく覚えている。

退社後、デパートの中を歩いていると、母から電話が入った。

大した話ではない。実家の近所に住む、千遥より年下の女の子の結婚が決まったという内容だった。ただ、その結婚相手というのがそこそこの資産家であるということが、母はどうにも気に食わないらしかった。

「おたくは？　って聞かれて、かあさん、言葉に詰まったわよ。あの子なんて専門学校しか出てないのよ。なのに、東京の有名女子大まで出してやったあんたは何をしてるの。まったく、ひどい恥をかかされたわ」

母はどうにも腹の虫が治まらないらしく、弾丸のように言葉を発し続けた。ただただ興奮して千遥を攻撃し続けた。そして最後、「あんたはうちの恥曝《はじさら》し」と吐き捨てた。

電話を切って、千遥はしばらく立ち尽くしていた。頭の中は母の言葉でぱんぱんに膨らんでいた。その時ふと、目の前のショップの店員と目が合ったのである。店員がにっこりと千遥に笑いかけた。気が付くと、その温和な表情に引き寄せられるように、千遥はふらふらとショップの中に入って行った。

「いらっしゃいませ。何かお探しでいらっしゃいますか」

店員は丁寧な口調で千遥を迎え入れた。

ぼんやりしたまま、千遥はしばらく店内をうろついた。店員の優しい笑みが欲しかった。柔らかい言葉を掛けられたかった。目の前のショーケースに並べられたバッグを指差すと、店員の声が華やいだ。

「まあ、こちらは今日入ったばかりの新作なんですよ。それも日本入荷は十数点しかありません。さすが、お目が高くていらっしゃいますね」

店員はバッグをショーケースから取り出し、恭《うやうや》しく千遥の前に置いた。

「お客さまのように背が高く、スタイルがよい方に、ぴったりのデザインとなっております。さあ、お鏡の前にどうぞ」

勧められるまま、バッグを持って千遥は鏡の前に立った。

「とてもよくお似合いです。これくらいのお品になりますと、持つ方を選びます。やはり、お客さまぐらいの方でないと」

「そうかしら」

「ええ、もちろん」

かしずくような店員の態度に、いつしか千遥の気持ちは弾んでいった。まるで自分が特別な存在になったような気がした。店員が期待に満ちた目で千遥を見つめている。それもたまらなく心地よかった。

値段は三十五万円。シャネルのショップだと気づいたが、その時にはもう、金額などどうでもよくなっていた。

欲しい。

頭の中は、その欲求でいっぱいになっていた。

「これ、いただきます」

「ありがとうございます」

店員は声を一オクターブ上げ、まるで下僕のように恭しく頭を下げた。優越感と恍惚感が身体を駆け抜けてゆく。もう、母の罵倒などすっかり消え失せていた。

千遥の実家は、東海地方の人口二十万人ほどの中核都市にある。

とはいえ、家から車を十分も走らせれば、田んぼや畑が広がるようなのんびりした土地だ。そこで、六十一歳の父、敏夫《としお》と、五十九歳の母、朋江《ともえ》、五歳下の弟、宏和《ひろかず》が暮らしている。

父は地元で不動産会社を経営している。農家の三男坊として生まれ、学歴も後ろ盾もない状況から起業して、駅前に店舗を構え、今では従業員を十人ほど抱えている。田舎では成功者と言えるだろう。志向はいたってシンプルで、派手好きで目立ちたがり、成り上がった自分を誇示して、何につけても、自分が自分が、と、前に出たがる性質だ。

母は気性の激しい人だ。世間的にはうまく立ち回っているが、プライドが高く、自分の家は周りと格が違うと信じ込んでいる。弱みを見せるのが何よりも嫌いで、自分を大きく見せ、何事においても強引に押し通すところは父と共通している。

宏和は両親に溺愛されて育ったせいで、世間知らずで我儘《わがまま》だが、屈託のないところもある。地元の大学を卒業し、以来ずっと父の仕事を手伝っている。

千遥が生まれて間もない頃、父は結構な広さの土地を購入した。古家を壊して建てた家は、大手住宅メーカーの注文建築で、白い壁と天窓のある洒落《しやれ》た造りが父の自慢だった。近所でも一際目立っていた。

周りからすれば、それなりに裕福な家庭に見えただろう。子供にとっても恵まれた環境として映っていただろう。幸福な家族と、誰もが思っていたに違いない。思っていなかったのは、たぶん、千遥だけだ。


その夜、午後七時に、仲林明夫《なかばやしあきお》と青山で待ち合わせた。

先日、ブログに載っていた日本料理店である。もちろん、高級な夜の懐石コースだ。日本酒の大吟醸も注文したので、あの母娘の食事代の十倍にはなるだろう。

食事を済ませた後、タクシーに乗り、ふたりでマンションに戻って来た。

仲林との付き合いはもう五年近くになる。出会った頃は週に二度も三度も会ったものだが、最近では月に二、三度といったところだ。仲林はそろそろ六十歳になる。

部屋に入ったとたん、仲林が言った。

「前に来た時と何か感じが違うな」

一瞬どきりとした。

「そう？　変わんないと思うけど。何か飲む？」

「熱い日本茶がいいな」

千遥はキッチンに行き、用意を始めた。最近、仲林はめっきりお酒に弱くなった。さっきの大吟醸も少し口を付けただけだった。

「男ができたか？」

仲林が笑って言った。本気なのか冗談なのか判断はつかない。仲林はそういうところがある。

「あなたのマンションで、そんなことするわけないじゃない」

部屋は朝、丹念に片付けたので、功太郎の痕跡は残っていないはずである。

「千遥はまだ若いんだし、そうなっても仕方ないと思ってるよ」

「本気で言ってるの？　だったらそうしようかなぁ」

急須に茶葉を入れ、湯を注ぐ。仲林の返事はない。

「知ってるでしょ。私は男なんかより、ショッピングしたりスポーツジムに通ったりする方がずっと好きなの」

「それはそれで、困ったもんだけど」

ソファで寛ぐ仲林に茶を出してから、バスルームに行って湯をためた。これから一緒に風呂に入り、ベッドでセックスをする。手順通りの夜が待っている。

「千遥、結婚はどうするつもりだ？」

ふたりで湯に浸かりながら、仲林が尋ねた。

「何でそんなこと聞くの？」

以前は、待ちかねたように千遥の乳房や性器に手を伸ばしたものだが、最近はそれもない。

「そろそろ考えてもいい年頃だと思ってさ」

もしかして別れ話を持ち出すつもりだろうか。

千遥は身構えた。ここに住めなくなったらどうしよう。お小遣いがもらえなくなったらどうしよう。とてもじゃないが今のような暮らしはできない。

「会社、うまくいってないの？」

「何だ、それ」

仲林の笑い声が浴室の中でビブラートする。

「だって」

「そんなんじゃないさ。ここを追い出そうなんて思ってないよ。いたけりゃいればいいんだ。しかし、ずっとこのままというわけにもいかないだろう。私だって千遥を手放すのは惜しいけど、いずれはそういう時が来る」

結局言っていることは同じではないか。すぐにではないかもしれないが、仲林はこの関係に期限をつけようとしている。

結婚。それを想像しようとした。しかし、どうにも思い浮かばない。自分が誰かの妻になる、誰かの母になる、そんな姿は想像もつかなかった。

風呂から上がり、少し遅れてベッドに入ると、仲林はすでに眠っていた。今日もセックスはしないのだろうか。ここのところ、仲林はよく「疲れた」と言って、千遥の身体に触らずじまいのことが増えていた。起こそうか。でも、セックスがないなら、それはそれで楽でもある。いつしか、千遥もうとうとしていた。目を覚ますと、十一時半になろうとしているのに気づいて、仲林に声を掛けた。

「そろそろ時間よ」

「ああ、そうか……」

仲林はだるそうに身体を起こして、ベッドから抜け出した。以前は泊まっていくことも度々だったが、最近は必ず自宅に帰る。

「また電話するよ」

「うん、そうして」

玄関で仲林を見送って、寝室に戻って来ると、ミハルがいた。

〈だから言ったでしょう〉

ミハルは皮肉な表情でベッドの端に腰を下ろしている。

〈あの人、気が付いたのよ、千遥が男を引っ張り込んでるの〉

「そんなわけないって」

〈だから、別れ話を切り出したのよ〉

「別れるなんて、ひと言も言ってないし」

〈捨てられたらどうするの？　千遥の年収じゃ、こんな高級マンションになんか住めないよ。ブランド品だって買えないし、エステにだってスポーツジムにだって通えなくなる。待ってるのはみじめな生活だけよ〉

「わかってるって。何度も同じこと言わないで」

千遥は顔をそむけてベッドに潜り込んだ。

口惜しいが、千遥も同じ思いだ。すべては仲林の援助があってこその暮らしである。今更、家賃七万円の古いアパートになんか住みたくない。ノーブランドのバッグなんか持ちたくない。ちまちま自分でパックをしたりマニキュアを塗ったり、スーパーで値下げコーナーを漁《あさ》る真似なんかしたくない。今の生活を手放したくない。

仲林と出会ったのは、会社とは別に、週一回出ていたアルバイト先である。

その頃、千遥は毎日、欲望と闘っていた。性欲ではない。ある意味、もっと厄介な欲望だった。

シャネルのバッグはカードローンで何とか支払ったが、しかし、ショップで味わった恍惚感はどうにも忘れることができなかった。どころか、欲望は募る一方だった。それはあまりにシンプルで、それゆえ頑強だった。手に入れられない現実は、自分という存在が否定されているような気がした。

どうして自分がこれほどまでに欲望にかられるのか、千遥はうまく理解できなかった。ただ、その欲求が、母から連絡があった後に強くなる、ということだけはわかっていた。

母の電話はいつも唐突だ。その上、自分の言いたいことしか言わない。大概は、近所の悪口か親戚への不満、身体のここが悪いだの痛いだのという愚痴である。気が済むまで、一方的に喋りまくり、そして最後はいつも、すべての怒りを千遥へ集中させることで決着を付けるのだ。

子供の頃からそうだった。物心ついた時から、母に穏やかな物言いをされた記憶はなかった。母は常に千遥に苛《いら》つき、腹を立て、感情を剝き出しにして攻撃した。いい加減慣れてもいいと思うのだが、どうにも慣れない。三十二歳になった今も、母から悪し様《あざま》に言われるたびに、千遥は胸が潰れそうになる。

そして、それに比例するように、千遥の欲望は大きくなるのだった。店員をかしずかせ、高級品を身に着けた時の優越感があればすべてをチャラにできた。それはやがて買い物だけにとどまらず、人気のレストランに行きたい、スポーツジムに通いたい、エステに、ネイルサロンにと、どんどん膨らんでいった。

その欲望を満たすためにも、どうしてもお金が必要だった。

アルバイトをする気になったのはそのせいだ。水商売なら高い給料がもらえると思い、六本木のクラブのホステス募集に面接に行ったが、時給は二千円ほどで期待するほどではなかった。

どうしようか迷っていると、その帰り、声を掛けられたのだ。広めの襟幅のスーツを着た、四十歳くらいの痩せた男だった。

男は、愛想のいい笑顔を浮かべながら「こんな仕事に興味はありませんか」と、名刺を差し出した。ファッションヘルス、と書いてあった。

「あなたぐらいの美人だったら、週に一度、四時間ばかり出てくれるだけで五万は稼げますよ。それだけで月に二十万。悪くないでしょう。うちは客筋もいいし、素人の女の子がウリなので、何の心配もないですから」

男は強引に名刺を押し付けた。その時は、腹立たしさでいっぱいになった。何で私が、という気持ちだった。

変化が起きたのは、やはり母からの電話である。

母は、また親戚と揉めたらしい。原因はわからない。もともと原因など関係ない。ただただ母は烈しい怒りを千遥にぶつけて来た。どんな対応をすればいいのだろう。黙っていれば「ちゃんと聞いてるの?」と怒り出すに違いない。言葉を挟めば「生意気言うんじゃないわよ」と憤慨するに違いない。迷って口籠《くちごも》っていると、母は逆上した。

「あんた、母親に掛ける言葉もないの。こんな思いやりのない子を産んだなんて一生の不覚だわ。この親不孝者！」

電話を叩き切られて、千遥は追い詰められたような気持ちになった。同時に、身体の奥底から、欲望が炎のように湧き上がって来るのを感じた。

その時、名刺を思い出したのだ。あの仕事をすれば月に二十万稼げる。

〈私は反対よ〉

ミハルは断固として言った。

「でも、こんな割のいいバイトはないと思う」

〈何をするのか、わかってるんでしょう?〉

「わかってる」

〈売春なんて〉

「違うよ、売春じゃない」

〈同じよ〉

「売春は犯罪だけど、風俗は法律でも認められている職業だもの」

〈そんなのこじつけよ〉

「だって——」

こらえきれなくなって、千遥は叫んだ。

「お金がないと欲しいものが手に入れられないんだもの。私、どうしても欲しいのよ。欲しくて欲しくてたまらないの。わかるでしょう、このままじゃ私、どうにかなってしまう」

ミハルは悲しげな目で千遥を見つめると、もうそれ以上、何も言わなかった。

最初は一度で辞めてもいいと思っていた。けれども、帰りに五万を手渡され、それで前から欲しかったカシミヤのニットを買うと、一気に心が華やいだ。喉元に引っ掛かっていたかたまりがすうっと落ちてゆくようだった。母への鬱憤も消えていた。その日から週に一度、店に出るようになった。

仕事は、客を個室でマッサージするというものだ。最初は、知らない男の身体を触るのも、自分が触られるのも嫌でたまらなかったが、お金を受け取るたびに麻痺していった。それで新しい服や靴を買い、綺麗に仕上がったネイルを見ると気持ちが晴々した。

仲林は常連客のひとりだった。中卒からの叩き上げで、今は八王子で従業員三百人ほどにもなる土建会社を経営しているという。仲林は、お嬢さま然とした千遥をいっぺんで気に入ったようだった。三回通った後、こう尋ねた。

「君、ヒモでもいるの？」

仲林は年相応で、決して見栄えがいいというわけではない。けれども、店に来る時のラフなジャケットは一目で上質とわかるものだったし、胸ポケットに無造作に入れられた財布もいつも分厚かった。

「どうしてですか？」

「君みたいな子が、こんなところで働いているのは、何か事情があるんだろうと思ってね」

「ヒモなんていません」

「じゃあ、何のため？」

千遥は口籠りながら答えた。

「いろいろお金がいるから……。欲しいものもたくさんあるし」

仲林は見方によっては悲しげな顔をした。

「なるほど、お小遣い稼ぎってわけか。今はそういう時代ってわけだ。それで、どれくらい稼いでるんだ？」

千遥が正直に答えると、さらりと「だったら、私が援助しようか」と、言った。

意味がすぐにはわからなかった。けれども、理解したとたん、頷いていた。

お金のためとはいえ、知らない男たちにサービスするのはやはり生理的な嫌悪がある。それなら、仲林の愛人になる方が、よほど気が楽だった。仲林は不潔ではないし、しつこくもない。金払いのいい上客だ。不特定多数の男たちを相手にするよりずっとマシだ。

実際、仲林は千遥の欲求を十分に満たしてくれた。所有していたこのマンションを提供してくれ、欲しいブランド品を買ってくれ、有名なレストランに連れて行ってくれた。エステにもネイルサロンにもスポーツジムにも通えるようになった。もう、欲しいものを我慢する必要はない。今の暮らしは、千遥にとって満ち足りたものだった。

2　亜沙子

食卓に着くと、母が待ちかねたようにＡ４の用紙を並べた。

「今度のランチだけど、どこにする？」

用紙には、母自らパソコンで検索した三軒のレストランの情報が印刷されている。

「先週は和食だったでしょう。その前はパスタだったから、エスニック料理もいいかなって調べてみたの。あとは銀座の牛しゃぶ店と、中目黒の豆腐専門店。湯葉がとってもおいしいんですって。どこも素敵なお店で迷っちゃう」

母は嬉々《きき》として言う。亜沙子《あさこ》は鮭の切り身を口に運んだ。

夜九時。今夜は残業だから食べて来る、と言ったのに、やはり母は用意していた。「だって、食べそこなったら困るでしょ」というのが母の言い分である。せっかく用意してくれたのに、箸を付けないのも気が引けて、こうしてつい食べてしまう。

母の紀枝《のりえ》はもう五十代半ばだが、いつまでも少女みたいなところがある。喋り方もそうだし、色白で、笑うと右頬にエクボができ、少し太っているせいもあって全体的にふんわりとした印象だ。

中野にある自宅マンションは六十平米だが、ふたり暮らしにはちょうどいい広さである。

「それなんだけど、今週末は展示会があるから、行けそうにないんだ」

亜沙子はもごもごと答えた。

「あら」

「ごめん、もっと早く言っておけばよかったね」

「じゃあ日曜にする?」

「土日続けての展示会だから、日曜も無理なの」

「そう……」

母の声にあからさまな落胆が滲んでいった。

「でも、仕事なら仕方ないものね」

母が、広げた用紙をのろのろと重ねてゆく。

「後は片付けておくから、おかあさん、先に寝ていいよ」

「じゃあ、お願い」

母が椅子を立ち、ダイニングを出て行った。

亜沙子は食事を済ませ、流しで食器を洗い始めた。

母が、亜沙子との週末ランチを何よりも楽しみにしているのはわかっている。十三歳の時に父を亡くしてから、母とふたり、肩を寄せ合うようにして生きて来た。母の苦労は間近で見て来ている。あれから十四年、亜沙子は二十七歳になり、母も五十代半ばとなった。暮らしも落ち着いて、ようやく娘との生活を楽しめるようになったのだ。週末ランチぐらいで親孝行ができるなら容易《たやす》いことではないか。

それなのに、最近、どこか負担に感じ始めている自分がいる。

「結局、君にとってのファーストプライオリティはおかあさんなんだな」

それは、三月《みつき》ほど前に言われた言葉だった。異業種交流会で知り合った男である。付き合って、半年ばかりがたっていた。

あの時、男の言葉に、亜沙子はひどく腹を立てた。

「私と母がどんなふうに生きて来たかも知らないくせに、わかったようなこと言わないで」

強い口調で言い返すと、男は恐れをなしたように口を噤《つぐ》んだ。結局、それがきっかけで、ぎくしゃくし始め、会っても会話が途絶えがちになり、メールが来たかと思うと「そろそろ限界だと思う」と書かれていた。

もちろん後悔はない。別れをメールで済ませようとする男なんて、別れてよかったと思っている。

それでも、言われた言葉は澱《おり》のように心に淀んでいた。

男からすれば、どうして自分とのデートより母との予定ばかりを優先させるのか、と不満だったに違いない。確かに、母との夕飯、母との買い物、母との旅行、そして母との週末ランチを理由に断ったことが何度かある。亜沙子にすれば長いふたり暮らしの中で、身に付いた習わしのようなものだが、男にとっては理解しがたい気持ちもあったのかもしれない。

だからといって、責められることではないはずだ。苦労を掛けた母を喜ばせようとするのは、娘としてまっとうな在り方ではないか。

それでも今となると、何か違っていたのかもしれないと考えてしまう。どこかもやもやした感覚が、喉の奥に引っ掛かった小骨のように残っていた。

今週末、展示会が催される。本当は土日のどちらかに顔を出せばよかったのだが、思い切って両日とも参加すると申し出たのはそのせいだ。何も母とのランチばかりで週末を過ごすわけではない、と、自分を納得させたかったのだ。

洗い物を終えて、風呂に入った。日中は座り仕事ばかりなので、湯船に浸かると、固まった身体がゆるゆるとほどけてゆく。ふう、と息を吐いたところで、母の残念そうな顔が浮かんだ。きっと張り切ってランチの店を調べたのだろう。亜沙子の気に入りそうなところを厳選したのだろう。母は殊更趣味があるわけではないし、一緒に出掛けるような親しい友達がいるわけでもない。月曜から金曜までパートで働いて、普段は倹約に心を砕き、楽しみと言えば少し贅沢な亜沙子との週末ランチぐらいだ。

次第に後ろめたさが膨らんでいった。母がそれを楽しみにしているのなら、叶えてあげればいいではないか。ランチぐらい、大したことないではないか。たかだか男に、それも別れた男に言われた言葉ぐらい、何を気にする必要があるだろう。

風呂から上がる頃には、気持ちは翻っていた。髪を乾かして、亜沙子は母の部屋の前に立った。

「おかあさん、もう寝た？」

「ううん、起きてるわよ」

「開けるね」

顔を覗かせると、母はベッドで本を読んでいた。

「さっきの話だけれど、土曜、お昼に少し抜け出させてもらうことにする」

「いいのよ、無理しなくても」

「平気、何とかするから。展示会は汐留《しおどめ》だから、その辺りでお店、探しておいてくれない？」

「わかったわ。調べておくね」

嬉しさを隠しきれないように、母は華やいだ笑みを返した。

十四年前、父は仕事中に心筋梗塞で死んだ。

会社から連絡を受けて、母とふたり病院に駆け付けた時にはもう、父は冷たくなっていた。

亜沙子にとって、もちろん父の死は大きなショックだったが、母の狼狽《ろうばい》ぶりはほとんど常軌を逸していた。それは子供の目から見ても尋常とは思えず、父の遺体に取りすがって泣き叫ぶ母に「おかあさん、しっかりして」と、なだめたのは亜沙子の方だった。

通夜と告別式は、父の会社の人たちが取り仕切ってくれた。その間も、母はまともに喪主席に座っていられないほど打ちのめされていた。その憔悴《しょうすい》しきった姿に、母もこのまま死んでしまうのではないかと、亜沙子はずっと母の手を握り続けていた。

通夜と告別式を済ませ、荼毘《だび》に付され、遺骨が白い箱の中に納められ、精進落としが終わり、父の遺骨を胸にマンションに戻った時、一緒だったのは、田舎から出て来た父方の親戚である。父の両親はすでに亡くなっていて、母の縁者もみな帰っていた。彼らはこの時を待っていたかのように、くどくどと文句を言い始めた。

あいつの身体の具合はどうだったのか。きちんと健康管理はしていたのか。だったら、何故突然死んでしまうようなことになったのか。父の親戚たちにしても、悲しみと驚きは大きかったに違いない。しかし、精進落としの酔いもあって、行き場のない不満を母へと集中させた。

彼らは父の死だけでなく、何もかもが気に入らなかったようだった。どうして寺ではなく葬儀センターのような場所で行ったのか。どうして自分たちを差し置いて会社の人間が葬式を段取りしたのか。読み上げた弔電の順番にもケチをつけた。挙句の果てには、生命保険はいくら入るのか、労災は下りるのか、と、まるで罪を白状させるかのような口調で母に畳み掛けた。

母は正座したまま、じっと俯いていた。母はまだ四十歳を過ぎたばかりで、父の親戚たちの前ですっかり萎縮《いしゅく》し、膝の上で握り締めた手の甲に涙を落とすばかりだった。

いちばん辛い思いをしているのはおかあさんなのに、この人たちはどうしてこんなひどいことが言えるのだろう。

「弟はおまえに殺されたようなもんだ」

そんな残酷な伯父の言葉に、亜沙子は思わず立ち上がって、叫んだ。

「おかあさんは悪くない！　おかあさんを責めないで！」

彼らは目を丸くして亜沙子を眺めた。それから眉を顰《ひそ》めて「子供の躾もできていないのか」と、苦言を吐いた。

あの時、亜沙子は心に誓ったのだ。

これからおかあさんは私が守ろう。一生、お母さんの味方でいよう。お母さんのために強くなろう。

通常業務の他に、展示会の準備が加わって、亜沙子は忙しく過ごしていた。

仕事はグラフィックデザイナーである。今、手掛けているのは十代の女の子向けのキャラクターだ。ノートや手帳、レターセット、ポストカードなどに使われる予定になっている。

何がいいだろう。可愛らしくて個性的、シンプルだけれど印象に残るもの。やはり動物だろうか。でも、動物キャラは出尽くしている感がある。もっと他の何か。亜沙子はデスクでスケッチブックを広げて絵を描いてみる。あれやこれやと考えている時間は、何より楽しかった。その合間にも、展示会に出品する商品の箱詰めに駆り出されたり、パンフレットの発送を手伝ったりした。

職場は池袋で、ビルのワンフロアを借り切っている。社員は四十人弱。在宅ワークのデザイナーも十人ほどいる。平均年齢は三十代後半で、職種のせいもあるだろうが若い会社だ。上下関係はあっても、互いをファーストネームで呼び合うような、ざっくばらんな雰囲気があった。

昼はいつも会議室が食堂の代わりになった。少し遅れて入ると、七、八人がそれぞれに昼食を広げていた。男性たちは外食に出るが、女性たちは弁当持参派も多く、それ以外はコンビニで弁当やサンドイッチを買って来て、ほとんどここで済ませる。

話題はいつも満載だった。ファッション、旅行、芸能人のスキャンダル、賑やかにお喋りは続く。

「私、この一年で絶対に結婚を決めますから」

と、声高に宣言したのは智子《ともこ》である。三年前に入社した桑野《くわの》智子は二十五歳。そのあっけらかんとした性格は、無神経ぎりぎりのところだが、基本的に悪気がないのでみなに好かれている。

「相手はいるの？」と、同僚が尋ねた。

「それはこれから探すんですけど」

「なぁんだ」

失笑が漏れる。智子は真剣な表情で身を乗り出した。

「あの、みなさんにはわからないだろうけど、私は今、人生に関わる重大問題に直面しているんです」

みなの興味が集まった。

「うちは姉とふたり姉妹なんですけど、その姉が付き合ってる男が長男で、もし結婚したら、相手の家に入るつもりらしいんです。冗談じゃありません、そんなことになったら私が家を継がなくちゃいけなくなる」

「智子ちゃんの家、商売でもやってるの？」

「味噌蔵なんですけど」

「へえ、そうだったんだ」

「大した店じゃないんです。でも、とりあえず五代くらい続いてるから、両親は、特に母親の方なんですけど、姉と私のどちらかに継がせたいと思ってるんです。うち、女系家族で、母も祖母もひいおばあちゃんも、全部養子取りなんです」

「いいじゃない、味噌蔵の跡継ぎっていうのも」

「とんでもない。実家は山と川しかないようなものすごい田舎で、ファミレスやコンビニに行くにも車で二十分ぐらい走らなきゃいけないんですよ。小さい時から絶対に都会で暮らすって決めてて、ようやく夢が叶ったたっていうのに、何で家のために帰らなきゃならないんですか。この仕事だって続けられなくなっちゃう」

「それは難しいところよねえ」

「思うんですけど、母親って娘の幸せを望んでいるようなことを言っておいて、本心では、自分の思うまま操りたいって気持ちがあるんですよね。うちなんか絶対にそう。自分だってやりたいことがあったのに、我慢して養子を取って跡を継いだんだから、娘もそうあるべきだって思ってるの。結局、自分と同じ道を歩かせたいんですよ。それって支配じゃないですか。だから、姉が結婚する前に結婚して、とっとと跡継ぎ問題からは逃げるつもり。私は母親に束縛されるのも、家の犠牲になるのもまっぴらごめんだもの」

　智子の言い分はわからないでもない。跡を継ぐために、好きな仕事も生活も手放さなければならないなんて、あまりにも理不尽すぎる。

「確かに、母親には、娘を自分の手の届くところに置いておきたいっていう本能があるかもしれない。娘は自分が産んだもうひとりの自分みたいに思ってるっていうか」

「でしょう?」

「それもあるけど、逆もあるわよ」

　別の同僚が言った。彼女は結婚していて、子供がふたりいる。

「逆って？」

　智子が顔を向けた。

「自分の夢を娘に託す母親。うちの母なんかそう。本当はずっと仕事を続けたかったんだけど、それができなくて仕方なく専業主婦になったくちなの。まあ、父親ともあんまりうまくいかなかったせいもあって、結婚なんかしなくていい、キャリアを積んで自立しろって言われ続けて来た」

「それ、いいじゃないですか。私も一生、働くつもりです」

「でも、それはそれで鬱陶しいものよ。私が結婚する時はすごく言い出し辛かったな。今だって、夫や子供のことなんかちょっとでも愚痴ろうものなら、だから言わんこっちゃない、結婚なんかするからよってことになるし」

　今度は別の女性が言い出した。

「うちの母親は、バリバリのキャリアウーマンで、子供を顧みる余裕がなくて、早い話が、無関心のひと言。優先順位はまず仕事で、家庭はその次。おばあちゃんがいなかったら、私、絶対にグレてたと思う。進学だって就職だって、全部私ひとりで決めたんだから。そういうのも、どうかと思うよ」

「うちの場合は、母親がものすごく教育熱心で、子供の時から習い事ばかりさせられたな。大学受験で国立を滑った時は辛かった。母の失望がひしひしと伝わって来るんだもの。今でもあの罪悪感から抜け出せない」

意外な発言が続いた。どこの母娘にも葛藤はあるらしい。

智子は息を吐き「とにかく」と、自分に話を戻した。

「いろいろあるのはわかりましたが、私はこれから合コンに命を懸けるつもりです。何がなんでも絶対に結婚相手をゲットしてみせますから」

智子があまりに真剣な表情で言ったので、室内は笑いに包まれた。

その日の帰り、チーフデザイナーの相田路子《あいだみちこ》と一緒になった。

四十代半ばになる路子は、デザイナーとしての腕もよく、亜沙子のような後輩からの人望もある。会社の信頼も厚い。

「お昼の智子ちゃんの話、笑っちゃったね」

「ああ、あの結婚話」

地下鉄の駅までは徒歩十分くらいだ。

「そりゃあ、好きな仕事ができなくなるんじゃ、あんなふうに思うのも無理はないけど。それにしても、みんなもいろいろあるから、ちょっとびっくりしちゃった」

「母と娘の関係ってやっぱり難しいんですね」

「確か、亜沙子さんのところはおかあさんとふたり暮らしじゃなかった？」

「はい」

「うちもそうなのよ」

その話は知っている。路子は二十代後半で離婚して実家に戻った。結婚生活はたった三年足らずだったという。十年ほど前に父親を亡くし、それからずっと母親とふたりで暮らしているはずだ。

「おかあさんとはうまくいってる?」

路子の問い掛けに、亜沙子は少し返答に詰まった。

「うーん、どうですかねぇ。楽だって思う時もあるし、重荷に思う時もあるし」

「やっぱり、そういうものなのね」

それから路子は、しばらく考えるように黙った。

「それはきっと、あなたも智子ちゃんもまだ独身だからじゃないかな。だから、よくわからないんだと思う。何だかんだ言ったって、この世の中で自分のことをいちばんに思ってくれるのは親しかいないものよ。私も、親の有難味が身に染みてわかったのは、結婚してからだもの」

「そんなものですか」

そうよ、と頷いてから、路子は話し始めた。

「私ね、高校生の頃、拒食症だったの」

「えっ……」

亜沙子は思わず顔を向けた。

「最初は痩せたいだけで、とにかく何も食べないようにしていたの。そしたら本当に食べられなくなったのよ。無理に食べても吐くばっかりで、もうガリガリになって、生理も止まっちゃった。それを助けてくれたのが母なの。私を医者に連れて行って、治療を受けさせて、ようやくまともな食生活を送れるようになったの」

　そんな話を聞かされるなんて思ってもいなかった。

「もともと、母はお嬢さま育ちで、おっとりしてるっていうか、天然のところがあったのね。どちらかというと、私の方がしっかりしてて、周りからはどっちが母親でどっちが娘かわかんないって、よく言われたのよ。でも、その時ばかりは母は必死だった。私を助けるためにものすごく頑張ってくれたの」

「そうなんですか……」

「ああ見えて、イザという時には腹をくくれる人なんだって、見直しちゃった。それで立ち直ることができたんだけど、結婚したら再発してしまったの。私にとって結婚生活は重圧でしかなくてね、仕事もしなくちゃいけない、家事もしなくちゃいけない、その上、夫の両親ともうまく付き合わなきゃいけないっていうので、毎日追い詰められるばっかりだった」

　亜沙子は何て答えていいのかわからない。

「もう、ぜんぜん食べられないの。食べることに興味が湧かないっていうか、意識が行かないっていうか。でも、夫も夫の両親も力になってくれなかった。どころか、見て見ぬふりをするばかり。助けてくれたのはやっぱり母だった。それで離婚して、実家に戻ったの。今の暮らしは快適よ。父が死んじゃった時は心細くもなったけど、それにもう慣れたし、母となら余計な気を遣う必要もないでしょう。話も合うし趣味も合うし、とにかく母と一緒にいるのが何より楽なの。今度、ふたりでヨーロッパにでも旅行しようかって計画してるのよ」

「豪勢ですね」

「男なんかと行くよりよっぽど気楽よ。でも、こんなこと言うと、マザコンだとか相互依存だとか言う人もいるけど、別にいいの。だって私がいちばん心地いいって思えるんだもの、余計なお世話よね」

最後、路子は明るい笑い声で締めくくった。


父の死後、母とのふたり暮らしが始まった。

寂しさはあったが、喪失感がむしろふたりを強く繋いでいた。

生命保険と労災保険、退職金と見舞金が入り、マンションのローンを完済し、残りは貯蓄に回した。父が勤めていた空調設備会社のツテで、母は小さな電機部品会社で働き始めた。

毎朝七時四十五分、亜沙子は母と一緒に家を出る。

慣れない仕事に母は疲れていたようだが、決してそんな素振りは見せなかった。毎朝、必ず弁当を作ってくれた。母の分は昨夜《ゆうべ》の残りものでも、亜沙子の弁当は彩りよくおかずを並べた。

「そんなに気合を入れなくてもいいよ」と言っても、母は「亜沙ちゃんにはいつも寂しい思いをさせているんだもの、お弁当くらい頑張らなきゃ」と、決して手を抜こうとはしなかった。

母が仕事を終えて帰って来るのは、いつも六時過ぎになる。美術部に所属していた亜沙子は、毎日部活が終わるとスーパーに寄り、母に頼まれた買い物をしてから家に帰った。夕飯まで勉強をして、帰って来た母が夕食を作って、ふたりで食べる。母が遅くなる時には、亜沙子が作ることもあった。食卓で向かい合ってご飯を食べながら、今日あった出来事を報告し合った。大した話でなくても母は真剣に聞いてくれたし、母が仕事や会社の人の話をしてくれるのも嬉しかった。

休日もほとんどふたりで過ごした。遅めに起きて簡単な朝食をとり、一週間分の家事を済ませると、買い物がてらふたりで出掛けた。散歩をしたり、商店街をぶらついたり、レンタルビデオ屋でＤＶＤを借りたりした。時々、新宿や渋谷のデパートにまで足を延ばしたり、映画や遊園地にも出掛けたりした。

あの頃の亜沙子は、学校の友人たちより、母と過ごす方がずっと楽しかった。ひどいいじめに遭っていたわけではないが、常にぴりぴりした雰囲気があった。いつ何時《なんどき》、自分がいじめの標的にならないとも限らない、その緊張に晒されていた。

たぶん、クラスメートたちも同じだったろう。特定の誰かと親しくなるには、まるで人質交換のように自分の秘密を、たとえば「気になる男の子は誰か」「ムカつく女の子は誰か」を提供しなければならない。親しいうちはいいが、もし仲たがいする状況になれば、それはすぐに相手に伝わってしまう。それがわかっているから、本当のところを口にするのが怖かった。だから、特別に親しい友人を作ろうとはせず、お昼ご飯や教室の移動などの時に何となく群れられる、亜沙子と似たような仲間の中にさりげなく紛れ込んでいた。そんな状況の中、母と一緒にいるのがいちばんリラックスできるのは当然だった。

そして、母もまた亜沙子を頼り、いつか何でも相談するようになっていた。

「ねえ、今夜のおかず、お魚とお肉、どっちにしようか?」「来週の参観日、何を着ていけばいい?」「今度、公民館のバザーに寄付しなきゃいけないんだけど、何がいいのかわからなくて」

今夜はアジフライにしようよ。紺色のニットジャケットがあるじゃない。押入れの奥にある使わないままのホーロー鍋はどう?

そうすると、母はいつも「ああ、そうね、亜沙ちゃんに相談してよかった」と目を細める。そう言われると、母の役に立てたことが亜沙子は誇らしかった。

母は優しかった。母は温かかった。亜沙子は母が大好きだった。

都立高校に入学しても、母との暮らしに変わりはなかった。絵が好きだった亜沙子はやはり美術部に入部し、スーパーに寄って帰るのも同じだった。その頃になると、母と背丈が同じくらいになり、ふたりで共有できる服を買いに行くのも楽しみのひとつになった。時々、店員から「姉妹ですか」と聞かれて、くすくす笑い合った。

この頃に一度、母に再婚話が持ち上がったことがある。相手は中小企業の経営者で、子供はみなすでに独立しているとのことだった。

「亜沙ちゃんはどう思う?」

母は尋ねた。しかし、亜沙子は黙ったままだった。そうなれば母も働きに出る必要はなくなるだろう、今よりずっと楽ができるだろう。それがわかっていながら、母の愛を独占したい気持ちの方が強かった。母を誰にも渡したくなかった。

そんな亜沙子に、母はむしろ嬉しそうに笑いかけた。

「馬鹿ね、再婚なんかするわけないじゃない」

「でも」

「私は亜沙ちゃんがいてくれればそれでいいの」

「ほんとに？」

「当たり前でしょう。かあさんの生きがいは亜沙ちゃんだけだもの」

母が再婚ではなく、自分を選んでくれたことに、どれだけ深く満たされただろう。ますます母を大切にしよう、ずっと母のそばにいよう、と決心した。

進学先は、好きな絵やデザインを勉強したくて美大を希望していた。しかし、学費を考えると、無理は言えないこともわかっていた。勧めてくれたのは母である。

「亜沙ちゃんが、自分の好きなことをしてくれているのが、かあさんはいちばん嬉しいの。そのためにかあさん、頑張って働くから」

そんな母の言葉が、涙がこぼれるほど有難かった。

大学生活は楽しかった。友人もできたし、恋人もできた。アルバイトを始め、自分で自由にできるお金も得て、夜に出掛ける機会も多くなった。それでも、亜沙子にとって最優先するのはやはり母だった。

友人たちと夜遅くまで遊んでいると、つい気が咎《とが》めた。母が今のこの時間、家で亜沙子の帰りを待って、ひとりで過ごしている様子を思い浮かべただけで落ち着かなくなった。それは恋人とデートしている時も、セックスしている時も同じだった。まるで母を裏切っているような気持ちになった。

卒業間際、付き合っていた彼氏から、一緒に来てくれないかとプロポーズされた時は、困惑した。まさか、それほど真剣な気持ちでいたとは思ってもいなかった。彼は出身地に帰り、美術教師になる道を選んでいた。心が揺れた。彼のことは好きだった。けれども、付いてゆくわけにはいかない。母を残して結婚するなんて考えられなかった。かつて母の再婚に反対したことも、呵責《かしやく》として記憶の中に残っていた。亜沙子のために、母は自分の幸福を諦めたのだ。それなのに、自分ひとりが幸せになるなんてできるはずがない。それでは母に申し訳が立たないではないか。結局、恋人はひとりで故郷に帰って行った。

デザイン会社に就職が決まった時は、どんなに嬉しかったろう。母もとても喜んでくれた。仕事は充実していた。イラストを描いたりキャラクターを考えたりしていると、次から次へアイデアが浮かんで、夢中になって取り組んだ。

就職してからは、給料の半分を母に渡すようになった。家賃も食費もいらないのだから、当然である。ようやく母に恩返しができるようになったのだ。

その頃から、経済的にも少し余裕が生まれ、たまに母とふたり、日帰り温泉に行ったり、一泊程度の旅行に出掛けるようになった。特に週末のランチは約束ごととなった。そういうことができるようになった自分が、亜沙子は誇らしかった。

それからも恋愛らしきものはあったが、結婚に結びつくことはなかった。結婚しないと決めているわけではない。ただ、母をひとりにはできない、母の面倒をみなければならない、その思いが先に立ち、二の足を踏んでしまうのだ。

そんな毎日の生活に、どことなく変化が訪れたのは二年前だろうか。母の勤めていた会社が不況で人員整理を行い、退職せざるを得なくなったのだ。母は次の仕事を探したが、年齢もあってフルタイムの職はなく、結局、近所の食品加工場に午前十時から午後三時までのパートに就いた。それから、母は時間を持て余すようになった。

以来、亜沙子が出勤する時、母は必ず「何時に帰る?」と、尋ねるようになった。いつも定時に帰宅できるわけではない。「今夜は遅くなる」と言えば、母は「そう」と答えるだけで、別にどうこう言われるわけではない。それでも、それが毎朝となると、どこか窮屈な思いを抱いた。

その上、約束した帰宅時間に五分でも遅れると、すぐにスマホが鳴った。

「今、どこ?」

「もう家の前」

「ああ、よかった。遅いから心配してたの」

何につけても、しておいてあげたから、と、口にするようになったのもその頃からだ。

「洗濯しておいてあげたから」「夜食を作っておいてあげたから」「お気に入りのシャンプーを買っておいてあげたから」

鬱陶しさを感じなかったわけではない。けれども、すべては亜沙子を思ってのことであり、実際、母にあれやこれやとしておいてもらえるのは助かった。

やがて母は公民館で催されているパソコン教室に通い始めた。

「ほら、パソコンが使えたら、レストランとか温泉とか、いろいろ調べられて便利でしょう」

実際、母は開店したばかりの店や激安の温泉宿などを探し当て、ふたりで出掛ける機会も増えていった。


電車を降り、スーパーの前を通り掛かると、声を掛けられた。

「あら、亜沙子ちゃん」

小中学校が一緒だった幼馴染みの母親である。

「こんばんは。お久しぶりです」と、亜沙子は頭を下げた。

「陽子《ようこ》ちゃん、お元気ですか」

幼馴染みの陽子は、二年前にイギリス人と国際結婚し、渡英している。

「そうみたい。たまにメールが来るくらいだから、よくわからないけど」

言ってから、おばさんはひとつ小さく息を吐いた。

「亜沙子ちゃんのところはいいわよね。私も娘はそばに置いて、これからいろんなことを一緒に楽しもうと思ってたのに、さっさと海外なんかにお嫁に行っちゃって。もう、がっかりよ」

ふたりで並んで歩いてゆく。

「でも、うちと違って、おばさんのところにはご主人もお兄さんもいらっしゃるんだし」

ぜんぜん、と、おばさんは顔の前で大きく手を振った。

「息子なんか、結婚したらお嫁さんのものだもの。それに、ダンナと出掛けたって、楽しくも何ともない、用事ばっかり言い付けられて、却《かえ》って疲れるだけ。亜沙子ちゃんとこみたいに、週末ランチとか、温泉旅行とか、娘と行きたかったわぁ。そうそう、この間の青山の日本料理店もおいしそうだった」

「え……」

どうして知っているのだろう。

「いつも読んでるわよ、『しあわせ日めくり』」

何のことかわからない。亜沙子の怪訝《けげん》な表情に、おばさんが苦笑した。

「やだ、おかあさんのブログじゃない。知らないの？　前にそういうのをやってるって教えてもらってから、よく読んでるの。そりゃあ、私だってお友達がいないわけじゃないけど、それなりに気を遣うじゃない。やっぱりいちばん気楽なのは娘よねえ」

その夜、亜沙子は聞いたブログを覗いてみた。言わなかったということは、母も書いているのを知られるのが恥ずかしいのだろう。まあ、それなら黙っておこう、と、気楽な気持ちだった。

それは平凡なブログだった。最新アップは、先週行った青山の日本料理店だ。母はいつも料理の写真を撮る。記念にしているだけだと思っていた。

読み進めて、目が留まった。

《どうしても、おかあさんと、と——》《本当は、娘は少し風邪気味だったので——》《おかあさんと一緒に食べた方が元気になるから——》

あの時、確かに風邪を引いていた。微熱もあった。無理しなくていいのよ、と、言われたのも覚えている。けれども、母がランチを楽しみにしているのはわかっていた。だから、体調が悪いのを押して出掛けたのである。本音を言えば、家でゆっくり寝ていたかった。だいたい、その店に予約を入れたのは母だし、最後の言葉も記憶にない。

亜沙子はページをクリックした。

ほとんどはランチの紹介で、他は、公園でこんな野良猫を見た、今日は雨上がりに虹が出ていた、近所の庭のバラが綺麗に咲いていた、などという他愛ない話が綴られている。

そして、そこに必ず、亜沙子を登場させていた。

《娘はいつも言ってくれます。おかあさんと話してるのがいちばん楽しいって》

《娘の帰りが遅い時、先に寝ていると寂しがるので、いつも顔を出して『おかえり』だけは言うようにしています》

《今度はどこに旅行しようかって、娘が張り切って計画を立ててくれています》

どう言ったらいいのだろう。嘘が書いてあるというわけではない。ただ、ニュアンスが違う。どうにもすっきりしない。馴染めない。母が何のためにこんなことを書いているのか、それを理解しようとすると、妙に居心地が悪くなった。

《そろそろ娘にもいい相手が現れて欲しいのですが、まだまだ甘えん坊で困ったものです。い

つになったら親離れしてくれるのでしょう》

亜沙子の中に違和感が広がってゆく。クリックする指がますます戸惑ってゆく。

3　千遥

母に疎《うと》まれているのは、物心ついた頃から感じていた。

失敗しないよう、いつも気をつけているのだが、千遥はよく母を怒らせた。理由など覚えはない。障子を破りでもしたのか、ご飯を床にこぼしてしまったのか。要領が悪く、動作ののろいところがあった千遥は、母にとって苛つく存在だったのだろう。仕置きで、トイレや押入れに閉じ込められることもしばしばだった。どんなに泣いて許しを乞うても、容赦しなかった。

「泣けば許されると思うな」が、母の口癖だった。

あれは四歳になったばかりの頃である。夏が終わろうとしていた。庭にとんぼがたくさん飛び、ヤマボウシの実が赤く色づいていた。

その日も、母はひどく不機嫌だった。日頃から、母は神経質なところがあったが、その日は特に苛立っていた。少し前まで父方の祖母が来ていたから、そのせいだと千遥はわかっていた。母は、祖母が来るといつも伏し目がちになり、口数も少なくなる。祖母に遠慮しているのが、幼い千遥にも感じられた。

祖母が帰ってからも、母は硬い表情でふさぎ込んだままだった。そんな母を見て、千遥は何かしなければと思った。広告の裏に母の絵を描いて持って行ったのはそのせいだ。ちょっとでいい、母に喜んでもらいたかった。しかし、母は絵を手にしたとたん、くしゃくしゃに丸め、ゴミ箱に放り込んだ。それから、千遥に向かって「みんな、あんたのせいだからね」と、吐き捨てた。

「あの子が死んだのも、次の子に恵まれないのも、みんなあんたのせい」

何のことかわからず、千遥はただ立ち尽くしていた。

自分に双子の妹がいたと聞いたのは、それからしばらくしてからである。祖母が話してくれたのだ。子供相手なので詳しい説明ではなかったが、母がひどい難産で、千遥を産んだ後、もうひとりの子をおなかの中で失った、ということを聞かされた。名前は「ミハル」という。

「その子を失っただけじゃなくて、医者に、もう子供は望めないかもしれないって言われたんだよ。まったく、跡継ぎも産めない嫁なんてどうしようもない」

最後、祖母はため息まじりに呟いた。

千遥は申し訳ない気持ちでいっぱいになった。みんな私のせいだ。母があんなふうに怒るのも無理はない。私のせいで大変な目に遭ったのだ。だからこそ、必死に考えた。どうしたら、母に許してもらえるだろう。愛してもらえるだろう。

しかし、子供らしく甘えようと、片付けを手伝おうと、花を摘んで帰ろうと、どれもこれも母を喜ばすことはできなかった。どころか「子供のくせに、あざとい真似をして」と、眉を顰められた。それでも、千遥は必死に母の関心と愛情を求め続けた。幼い子供にとって、母の存在だけが拠《よ》り所《どころ》だった。

愚図なんだから。不器用なんだから。頭が悪い。要領が悪い。ああ、何をやっても下手くそね。役立たずはあっちに行って。

母の辛辣な言葉は、次第に千遥を打ちのめしていった。やがて、母に対して、千遥は常に顔色を窺うようになっていた。母の機嫌を損ねないために、自分はどう振る舞えばよいのか常に考えた。笑えばいいのか。でも笑ったら、「何がおかしいの」と険しい目を向けられるのではないか。でも笑わなかったら「愛想のない子」と不快にさせるのではないか。さまざまな迷いが頭を過《よぎ》り、やがて、どうすればいいのかわからなくなった。今日こそ失敗せずに過ごそうと気を取られるあまり、何をするにも不安と緊張とで萎縮した。いつしか、千遥にとって、家は息苦しさに満ちた場所でしかなくなっていた。

そんな時、千遥はよく「ミハル」を想像した。

ミハルはどんな子だったのだろう。双子なら私と同じ顔をしていたに違いない。鏡に映る自分を眺めながら、千遥は毎日のようにミハルに思いを馳せた。一緒に遊んで、一緒にご飯を食べて、一緒にお風呂に入って、一緒に眠り、お互い髪を結びっこして、学校に着てゆく服を相談し合う。ミハルが生きていたら、母に叱られた時も、きっと味方になって慰めてくれたに違いない。何でも話し合って、でも、話さなくてもわかり合えて。だって双子なのだから。それだったらどんなに毎日が楽しかったろう。

弟の宏和が生まれたのは、一年後のことである。両親の喜びようは大変なものだった。父は、これで跡継ぎができたと相好《そうごう》を崩し、役割を成し遂げた母は、それこそ宝物でも扱うように溺愛した。

千遥にとっても、弟は心弾む存在となった。寝ている顔を何度もこっそり覗きに行った。触ると叱られるので、ただじっと覗き込んでいるだけだが、小さくて甘ったるい乳の匂いをさせた弟は愛らしく、千遥をどれほどわくわくさせたことだろう。

あの時の出来事を、千遥は今も忘れない。

その日、母は隣家に回覧板を持って行き、少しの間外に出ていた。居間から弟のふがふがと情けない声が聞こえて、千遥は布団に近づいた。覗き込むと、口から白い乳を吐いていた。きっと息が苦しいに違いない。そう思って、千遥は母がいつもそうするように、枕元にあったガーゼのハンカチで口の周りをそっと拭ってやった。弟が笑った。嬉しくて、千遥も笑った。

その時、玄関戸の開く音がした。千遥は慌てて弟から離れた。居間に入って来た母が、弟を見ると、険しい形相で千遥を振り返った。

「あんた、宏和に何したの？」

千遥は怯《おび》えながら、首を横に振った。

「ううん、何にもしていない」

弟に触ったと知れたら、叱られる。

「そんなわけないでしょ。だったらどうしてガーゼが宏和の顔にかかってるの」

語尾に、激しい母の怒りが滲んでいた。千遥は身体を硬直させながら、夢中で首を横に振った。

「そんなの、知らない、私じゃない」

母の頬には色濃い影が落ち、唇の端が小さく痙攣《けいれん》していた。人間というより、人間の形をした別の生き物のように、千遥には映った。

「嘘をつく子は、閻魔《えんま》さまに舌を抜かれるんだからね」

千遥は震えながら、必死に言い訳した。

「ごめんなさい、触るつもりはなかったの。宏和の口をちょっと拭いてあげただけ」

「やっぱり、嘘をついたんじゃないの！」

母が声を張り上げた。

「あのままガーゼが顔にかかってたら、宏和、死んでしまったかもしれないんだよ！」

そんなことを言われても、混乱するばかりだ。

「あんた、宏和のことを殺そうとしたんだね。何て恐ろしい子だ。こんな悪い子には罰を与えてやる」

頭が真っ白になった。また、押入れかトイレに閉じ込められるのではないかと、身体が震えた。しかし、母が選んだのはそのどちらでもなかった。引き摺られながら連れて行かれたのは、庭の土蔵だった。

千遥は恐怖のあまり、涙で顔をぐしゃぐしゃにした。

「もう二度と嘘はつかないから、宏和にも触らないから、だから、お願い、土蔵には入れないで」

押入れよりトイレより、そこは恐ろしい場所だった。小さい頃からお化けが出ると聞かされていた。しかし、母の怒りは収まらなかった。声を振り絞って謝る千遥を、土蔵の中に放り込んだ。

どれだけ懇願しても、母は冷ややかな目を向けるばかりだった。

「泣けば許されると思うな」

そう、あの目を今も忘れない。千遥の恐怖に打ち震える様子を見ても、感情のかけらもない母の目を。

土蔵の中で、千遥は泣きじゃくった。暗く湿っぽく、黴《かび》の臭いが鼻をつく。闇の中から化け物がじっと自分を見つめている。大嫌いな足のたくさんある虫と、もっと嫌いな足のない虫が、じわじわと足先から這い上がって来る。

こわい、こわい、ごめんなさい、ごめんなさい。

千遥はひたすら叫び続けた。

どれくらい時間がたったのだろう。恐怖は千遥を麻痺させていった。頭の中はぼんやりし、自分がどこにいて、何をしているのかもよくわからなくなった。

その時、ふと、声が聞こえたのである。

〈大丈夫、私がいるよ〉

千遥はそっと顔を上げた。目の前に女の子が座っていた。真っ暗なはずなのに、そこだけ光が当たっているように薄ぼんやりと浮かび上がっていた。

「誰？」

千遥は涙を拭いながら尋ねた。

〈私はミハル〉

女の子が答えた。

「ミハル？　え……だってミハルは死んだんでしょう？」

〈死んでなんかないよ。私はいつも千遥と一緒にいたよ〉

改めて見ると、女の子は確かに自分とそっくりだった。

「だったら、どうして今まで出て来てくれなかったの？」

〈だって、かあさんが大嫌いなんだもの。だから、絶対に見つからないようにしていたの〉

「嫌いなんて、そんなこと……」

〈千遥だってそうでしょ？〉

千遥はどう答えていいかわからなかった。自分が嫌われても、自分が嫌いになるなんて考えてもいなかった。考えてはいけないことだと思っていた。

〈正直に言っていいよ。私には千遥の思っていることがみんなわかるんだから〉

千遥はまっすぐにミハルを見つめた。ミハルに言われると、もうずっと前から自分も同じ気持ちだったような気がした。

〈これからずっと一緒だよ。何があっても、私が味方でいてあげる〉

「ほんとに？」

〈約束する。だからもう泣かないで〉


言葉通り、それからいつもミハルは千遥のそばにいてくれた。

母に冷たく突き放されて、うなだれて部屋に戻って来ると、ミハルが待ってくれている。〈気にしない気にしない、無視しとこう〉〈かあさんって、きっと魔女の生まれ変わり〉などと言われると、千遥も少し気が晴れた。叱られて土蔵に放り込まれても、ミハルが一緒なら怖くなかった。もう泣くこともなくなった。ひとりぼっちじゃない、ということがどんなに千遥を強くしてくれただろう。

それは学校に通うようになっても同じだった。

みながアイドルの話で盛り上がっていても、人気のある男の子の話をしていても、何がそんなに楽しいのかさっぱりわからない。孤立したくなくて、周りにうまく馴染んでいたが、それは表向きの顔だった。学校は生き辛い場所でしかなかったが、何とかやり過ごせたのもミハルのおかげだった。

両親の関心は弟へと一心に注がれていた。父は弟に小さい頃からゴルフを習わせ、将来はプロゴルファーにするのだと息巻いていた。母もまた、跡継ぎである弟への溺愛ぶりにいっそう拍車がかかり、付きっきりで身の回りの世話をやいていた。

千遥はずっとこんなものだと思っていた。親は男の子を大切にする。男の子は跡継ぎであり、家を守ってゆく存在なのだから、女の子とは違うのだ。田舎のせいもあったろう。男尊女卑の考え方も、家にはまだ色濃く残っていた。

小学校の高学年になった時、友達と話していて「うちは弟だけ別にひとつおかずが出る」と言うと、びっくりされた。好き嫌いの多い弟のために、母はいつも肉や刺身を別に一皿加えた。そして必ず「これは宏和の分だからね」と、念を押した。友達が目を丸くして「なに、それ、どうしてそんなえこひいきされるの？」と聞いた。「だって、弟は男の子だから」と答えると、今度は呆れたように「千遥ちゃん、よく怒らないね」と言った。驚いたのは千遥の方だった。他の家では、家族はみんな同じものを食べるのだと初めて知った。

母親と一緒に買い物に行く。ふたりで服を選ぶ。お小遣いをねだる。好きな男の子の話をする。どれもこれも千遥には想像のつかない話だった。けれども、それを言うと、自分が母親に愛されていない可哀想な子と思われてしまう。それが恥ずかしくて、以来、千遥は友人たちの前で家の話はいっさいしなくなった。

高校は地元の公立高校に進学した。

その頃にはずいぶんと背が伸び、手足が長く、ストレートの髪を揺らす千遥は、周りに比べると少し大人びて見えたかもしれない。教室の移動や昼食時間などに一緒にいる仲間はできたが、やはり深く付き合う友人はいなかった。もちろん、それで構いはしなかった。

やがて周りの女の子たちは彼氏を作り、恋愛がいちばんの興味の対象となった。千遥も何度か告白されたり、声を掛けられたり、知らない男の子から電話があったりしたが、自分が誰かと付き合うなんて考えもしなかった。もし、母に知れたら「色気づくんじゃない」と罵倒されるとわかっていた。実際、男の子から家の電話に掛かって来た時、母は相手に食って掛かり、挙句の果てに「親を出しなさい」と、やり込めた。

それを階段の上で聞きながら、すべてはこの家を出てからだと、千遥は自分に言い聞かせた。私の人生はそれから始まるのだ。

その頃にはもう、さすがに母も千遥を土蔵に閉じ込めたりはしなくなった。けれども小さなことをあげつらい、皮肉や嫌味を口にするのは相変わらずだった。しかし、それよりもこたえたのは、無視されることだった。用事があって声を掛けても、母は答えない。何度も呼び掛けて、ようやく「うるさいね、何なの」と返って来る。

千遥は学校から帰ると、ひとりで夕食を済ませ、早々に部屋に引き上げる。階下から笑い声が聞こえてくる。うちは父と母と弟、それで完璧なのだ。千遥にしても、息苦しさを我慢しながら顔を合わせているより、部屋にいる方がずっと気楽だった。

久しぶりに母を怒らせたのは、高校三年の夏、進路を相談した時である。

東京の大学に行きたい、という千遥の希望を、母はあっさり切り捨てた。

「何を贅沢言ってるの、地元の短大で十分じゃない。行かせてもらえるだけで有難いと思いなさい」

しかし、これだけは譲れなかった。大学進学は千遥にとって、この家から出る唯一のチャンスだった。短大では自宅通学になる。それでは何にも変わらない。この機会を逃したら、一生、この暮らしが続く。そんなのは耐えられない。

父も母と同じ意見だった。家庭のことに関して、父はほとんど母の言いなりだった。その上、女に学歴など必要ない、高校を卒業したらうちの会社の事務でもしていればいい、という考え方だった。

肩を落として部屋に戻ると、ミハルが待っていた。

〈どうだった?〉

「駄目だった……。進学するなら地元の短大にしろって」

〈諦めるつもり?〉

「諦めたくはないけど、どうしようもない。かあさんだけじゃなく、とうさんも駄目だって言うんだもの」

〈でも、方法があるんじゃない?〉

「方法?」

〈ほら、あの人、ものすごく見栄っ張りでしょ。世間体にこだわって、人から見下されるのが何よりも嫌いなの。そこを利用するのよ〉

ミハルの言う通りだった。千遥が母も知る近所の友人の名前を出して「あの子たちも都会の大学に行くのよ」と告げると、困惑したように考え込んだ。あんなサラリーマンの家の子ですら大学に行くのに、まがりなりにも会社の経営者の娘が短大なんて、それはとても恥ずかしいことではないか。母の考えていることが手に取るように理解できた。

母は妥協案を持ち出した。

「だったらS女子大になら行かせてあげる」

S女子大はお嬢さま大学で有名だ。その分、母の虚栄心を満足させるにふさわしい響きを持っている。偏差値は高いが、そこに行かなければ家を出られない。千遥は決心した。決心するしかなかった。何が何でもS女子大に合格しなければ。

今、振り返っても、よく頑張ったと思う。受験のために朝から晩まで勉強した。その他のことにはいっさい目もくれず、ただただ受験勉強に専念した。合格通知を受け取った時、どれほどほっとしたことか。

「合格した！」

報告する時、自慢したい気持ちでいっぱいだった。母もこれで少しは見直したろう。あのS女子大の入試を突破したのだ。

しかし、母はふんと鼻を鳴らしただけだった。

「あんたみたいなのが受かるんだから、S女子大も大したことないね」

千遥は黙った。

母の反応などわかりきったことではないか。いつものことではないか。それなのに、どうして自分はうなだれているのだろう。こんなに落胆しているのだろう。

けれど、こんな毎日とももうお別れだ。この家を出て、私は自由を手に入れる。

今まで、母が私を見限っていたように、今度は、私が母を見限るのだ。

週末、千遥は帰省した。祖母の十三回忌の法事のためである。

改札口を出ると、通路はかつてと違ってすっかり整備されていた。カフェやレストランが並び、ファッションビルが隣接している。辺りは学生やカップル、家族連れなど、行き来する人で賑わっていた。

「千遥？」

その声に振り返った。

「やっぱり千遥だ、わあ、久しぶり。元気にしてた？」

中学時代の友人、佳澄《かすみ》が立っていた。

「千遥ったらクラス会にもぜんぜん顔を出さないし、どうしてるんだろうねって、さっちんたちとも話してたんだ」

さっちんは幸恵《さちえ》という。あとは久美子《くみこ》と有紀《ゆき》。あの頃、千遥は彼女たちのグループの中にいた。

佳澄がまじまじと千遥を眺めた。

「それにしても、すっごい素敵。一瞬、どこのモデルだろうって思っちゃった」

褒められれば悪い気はしない。

「やだ、そんなことないって」

佳澄は地方の主婦そのものだった。安物と一目でわかるチュニックに、ストレッチのデニム。化粧気もほとんどない。結婚しているのだろう。子供もいるに違いない。その姿から、生活が透けて見えるようだった。

「帰省?」

「法事があって」

「いつまでいるの?」

「一泊の予定」

「なあんだ、残念。ねえ、今度帰って来た時みんなでゆっくり会おうよ。私たち、時々集まってるの。子供をダンナに押し付けて、カラオケ行ったり、飲み会したり」

「ふうん」

「あ、電話番号とアドレス教えてよ」

佳澄はもうトートバッグからスマホを取り出している。これだから、と、千遥は思う。中学の時に少し親しかったというだけで、ためらいもせず私的な範囲にまで入り込んで来る。それでも断ることができず、千遥もまたバッグに手を伸ばした。

上京してから、千遥は自由を満喫した。

もう自分を抑えつける存在はいないと思うと、まるで地面から五センチばかりも浮いたように気持ちが軽くなった。

舞い上がったまま、大学で知り合った女の子たちと合コンに参加し、クラブに出掛け、声を掛けて来る男の子たちと遊び回った。みな、綺麗だ、美人だと、千遥を褒めそやした。優しくて甘い言葉をふんだんに浴びせられ、そのうち自分がそれにふさわしい価値のある人間なのだと実感するようになった。私を見下げ続けた母は何にもわかってはいなかったのだ。自信もっいた。余裕もできた。初体験はそんな男の子の中のひとりと済ませた。相手の顔も覚えていない。相手なんてどうでもよかった。

毎日が忙しく、華やかに過ぎていった。そんな日々が永遠に続くと思っていた。

躓《つまず》いたのは、就職である。

成績はそれほど悪くなかったはずだ。面接もうまく対応した。でも結果に繋がらなかった。何社受けても内定がもらえず、名の知れた一流企業を諦め、二流、三流とランクを落としても、結果は同じだった。大学生活があまりに華やかだっただけに、その落差は千遥を打ちのめした。

このまま就職が決まらなかったらどうしよう。

実家に帰らされる。それだけは避けたかった。あの暮らしにだけは戻りたくない。

最後、ようやく引っ掛かったのが今の職場である。契約社員であることを告げた時の、母の顔。まるで勝ち誇るかのように嘲笑《あざわら》った。

「結局、あんたはその程度なのよ」

家に着いた千遥は、玄関前でしばらく立ち尽くした。

呼吸を整え、自分を落ち着かせる。服装もバッグも靴も完璧だ。髪だってさらさらだ。駅で出会った佳澄だけでなく、今しがた近所の人と擦れ違った時も「まあ、千遥ちゃん、ますます綺麗になって」と、褒められたではないか。

それから、確認するように手にした土産袋に目をやった。中には有名料亭の佃煮が入っている。電話できつく言われたせいもあって、手土産を何にするか、デパートで二時間も迷った。甘いものだと太ると言われる。固いものだと歯に悪いと言われる。生ものだと日持ちがしない、量が多いと始末に困る、少なければけち臭い。親戚の分も含めて七箱買った。それだけで二万円近くかかった。

「ただいま」

玄関戸を開けて、声を掛けたが返事はない。廊下の奥の居間から、テレビの音が聞こえてくる。耳が遠いわけでもないのに、母はいつも必要以上にボリュームを上げてテレビを観る。靴を脱いで廊下を行き、居間に顔を覗かせると、ソファに座る母の背が見えた。千遥はもう一度、声を掛けた。

「ただいま」

母がびくっと肩を震わせ、振り返った。

「ああ、びっくりした。何なの、コソ泥みたいに」

「玄関で、声掛けたんだけど」

千遥はくぐもった声で答えた。おかえりを言うわけでもなく、母はすぐさま視線をテレビに戻した。

「とうさんと宏和は？」

「ゴルフの打ちっ放し」

ゴルフはふたりの共通の趣味で、週末はよく揃って出掛けているようだ。

「これ、お土産」

千遥はテーブルの上に紙袋を置いた。

「なに？」

相変わらずテレビに目を向けたまま、母が尋ねる。

「佃煮。有名な料亭の限定品だよ。なかなか手に入らないんだ」

「ふうん、佃煮ね。しょっぱいものって年寄りは喜ばないんだよね。私も、ここのところ血圧が高いって医者から言われてるのよ」

千遥は黙った。

「冷蔵庫に入れといて」と、言われて、台所に向かった。何を土産にしても同じだろう。母が満足する顔など見たことはない。そんな対応になど慣れっこのはずなのに、今度こそ喜んでもらえるのではないかと期待していた自分に臍《ほぞ》を噬《か》む。

佃煮を冷蔵庫に入れ、ボストンバッグを手にして、千遥は二階の自分の部屋へと上がって行った。高校卒業まで使っていた七畳の洋間は、段ボール箱や使わなくなった健康機器、季節外れの布団などが積み重ねられ、今や物置と化している。二階には他に二部屋あるが、両方とも弟が使っている。

千遥は身体を斜めにして、窓際にあるベッドに辿り着いた。かつても今も、このシングルサイズの空間だけが、この家に残された千遥の唯一の居場所である。

ベッドの上に座って、ほっと息をつくと、メールの着信音が鳴った。功太郎からだった。

『無事着いた？　千遥さんがいないと寂しいよ～』

相変わらず、ハートマークが三つもついている。

先日、功太郎は公認会計士の試験を受けた。本人は自信満々の様子だったが、どうせ口ばっかりに決まっている。

返信する気になれず、千遥はスマホをバッグに戻した。カーテンを開けると、真下に庭が広がっている。手入れが行き届いているとは言えないが、幾種類かの花が咲き、ヤマボウシには赤い実がなっていた。そのヤマボウシの向こう、隣家と接する塀の前に小さな土蔵が見える。

すでに漆喰《しっくい》は剝げ、ところどころ土壁が露出していた。

あの土蔵の暗さと湿度と黴の臭いを、千遥は今も鮮明に思い出すことができる。闇の中、確かに何かがじっと自分を見つめていた。大嫌いな虫が足元から這い上がって来るような気がして、全身総毛だった。ごめんなさいごめんなさい、と、狂ったように泣きじゃくる自分の声が、今にも重たい扉の隙間から漏れ聞こえて来そうな気がする。

背中が固くなり、呼吸が浅くなった。千遥は胸に手を当てて、自分を落ち着かせた。

気が付くと、隣にミハルが座っていた。

〈怖がらなくても大丈夫、私がいるよ〉

「うん」

千遥は頷く。そう、私にはミハルがいるのだから。


その日、午後に法事が行われ、料理屋に移って食事会が催された。親戚の六家族二十人ばかりが集まっての盛会である。

東京に出てからというもの、千遥はほとんど実家に寄り付かなくなった。両親も殊更帰省しろとは言わなかった。ただ、親戚が揃ったり行事がある時だけは別だ。父は家族全員を従えて出席しなければ気が済まず、千遥にどんな予定があろうが帰省を強要した。親戚たちに家長としての威厳と、仕事の成功を誇示したいのだ。兄弟たちの前で、いかに羽振りよく暮らしているかを見せつけるのは、父のわかりやすい顕示欲である。

今日も同じだった。主催者は父の兄である伯父だが、上座でいちばん大きな顔をして座っているのは父だ。隣に宏和を座らせ、意気揚々と喋っている。

「さあ、存分に飲んでくれ。今日のために特別な酒を用意してもらったんだ。普段、なかなか飲めないやつだが、いいからいいから、気にしないでじゃんじゃんやってくれ」

伯父たちは黙ってそれを聞いている。父は法事の費用の大半を負担しているらしい。

末席で伯母や従姉妹たちと一緒に座っている母は、満足そうだ。母にとって、父は安定と世間体を与えてくれる存在である。殊更仲がいいというわけではないが、周りからすれば夫婦円満そのものに見えるだろう。

　母の隣に座って、千遥は料理をつついていた。こちらの席は女たちばかりが座っていて、みな賑やかにお喋りをしている。

「千遥ちゃんはいいわねえ」

　と、ビールで目の縁をほんのりと染めた伯母が声を掛けて来た。

「今の時代、官公庁にお勤めなんていちばん安定した職業じゃない」

　千遥はちらりと母を見た。母がまた見栄を張ったのだろう。

「ええ、東京に出してよかったと思ってるの。S女子大からも、ひとりしか採用されなかったのよ」

　臆面もなく言い、千遥は顔を上げられなくなる。

「じゃあ、結婚なんて興味ない？」

　伯母の問い掛けにどう答えていいかわからず、千遥は曖昧な笑みを浮かべた。

「私も早く片付いて欲しいと思ってるんだけど」と、母が勝手に後を引き受けた。

「ほら、うちは宏和も控えているし、嫁《い》かず後家みたいな小姑《こじゅうと》がいると厄介でしょう。でも、責任ある仕事を任されているから、この子も今はそれどころじゃないみたい。この間も、弁護士さんとの縁談が持ち上がったんだけど、千遥ったらあっさり断っちゃって」

　千遥は膝に目を落とす。こんなでまかせは母の一種のアリバイ工作のようなものだ。

「じゃあ、こっちの人なんて絶対に無理よね。弁護士さんほどじゃないけど、結構、いいお話なの。おうちは資産家で、息子さんのためにすでにマンションも用意してあるんですって」

あら、と、母が片眉を上げた。興味が湧いたらしい。

「そりゃあ、こっちで結婚してくれたら安心だけど」

母が千遥に顔を向けた。その目に思惑が覗いて、慌てて言い訳した。

「でも、今は仕事で精一杯だから」

そうよね、と、伯母が人の好《い》い笑みで頷いた。

「こっちに帰って来るとなったら、せっかくの仕事を辞めなくちゃならないものね。もったいないわよね」

そんな問題ではない。辞めたってどうってことのない契約社員だ。しかし、縁談を受け入れれば、この地に戻って来なければならない。家を出た時、どれほどほっとしたか。二度とここに戻る気はない。

遠くから『夕焼け小焼け』のメロディが流れて来た。この辺りは、四月から九月までは五時に、十月から三月までは四時に、あちこちのスピーカーからこの童謡が流れる。子供らへの早く家に帰るようにとの合図となっている。

思わず、眉間《みけん》に力が入った。千遥は小さい頃からこの曲が大嫌いだった。

これが流れると、友達たちは嬉々として家路につく。「じゃあ、また明日」と、手を振りながら帰ってゆく姿を見ながら、千遥はいつも立ち尽くした。帰ったら、今日は何を叱られるだろう。それを考えただけで、身体の芯が冷たくなってゆくようだった。重い足を引き摺りながら、どうか母の機嫌がよいように、と毎日祈った。「ただいま」と、元気よく玄関に入った方がいいのか、「遅くなってごめんなさい」と、先に謝ってしまえばいいのか、その選択はいつも千遥を悩ませた。その千遥の一声が気に食わなくて、母にへそを曲げられたら、夕飯の間中、じりじりと責められることになる。

もう四半世紀ほども前の話なのに、あの追い詰められた感覚が、つい昨日の出来事のように思い出される。

家に帰ってから母に皮肉られた。

「さっきのあれ、どういうこと？」

「え？」

「縁談よ。勝手にさっさと断って、私に恥をかかせて」

「そんなつもりじゃ……」

「東京に男でもいるの？」

まさか、と、千遥は首を横に振った。

「あんた、幾つだと思ってるの。三十過ぎのいい年なんだから、さっさと男のひとりぐらい捕まえて来なさいよ。でも、これだけは言っておくわ。みっともない結婚だけはしないでよ。相手のレベルによっては宏和の縁談にだって影響が出るんだから、変な男とくっつくぐらいなら一生独身でいてもらった方がまだ格好がつくわ」

千遥は目を伏せる。

「まったく、四年も仕送りしてやったのに、契約社員にしかなれないなんて、その上まともな結婚相手もいないなんて、情けないったらありゃしない。親戚の前で取り繕わなきゃならない私の身にもなりなさいよ」

そして自分に言い聞かせる。

こんなことで傷ついたりしない。母の悪態なんて慣れている。聞いているふりだけしておけばいい。気にしたって、言った母はどうせすぐ忘れてしまうのだ。いちいちカッカしていたら身がもたない。それなのに、硬いしこりを呑み込んだように胸が苦しくなる。

4　亜沙子

《今日は何だかばたばたしていて、夕食はスーパーのお惣菜で済ませてしまいました。娘は不平も言わず食べてくれましたが、こんな手抜きのものを食卓に並べてしまった自分が、母親として失格のような気がして落ち込んでしまって……。

娘は「ふたりで一緒に食べれば何でもおいしいんだから」と言ってくれましたが、それに甘えていてはいけませんね。

いずれ娘は結婚して、妻となります。いつか子供も生まれて、母となります。その時のために、教えてあげられることは何でも教えてあげたい、いいえ、教えなければなりません。それが母親としての役目です。

娘は母親の合わせ鏡のようなもの。悪いところも、みんな映し出されてしまいます。そのためにも、いつも責任を自覚していなければと、改めて肝に銘じました。》

母と娘の関係がさまざまにあるのはわかっている。

それは父とも、姉妹とも、兄弟とも、女友達とも、恋人とも質が違っている。

もしかしたら母と娘とは、身体のどこも繋がっていないシャム双生児なのかもしれない。鬱陶しくもあり、反発もあり、同時にいちばんの理解者であり、心の拠り所でもある。

相容《あいい》れない時、娘は言い返したことへの後ろめたさを拭えない。母親は自分の思いが通じないことを嘆く。

正しいのは、母だろうか、娘だろうか。

間違っているのは、娘だろうか、母だろうか。

答えはきっと、母と娘の数だけある。


今日も、いつものようにふたりでランチに出掛ける予定になっていた。場所は、母が予約した紀尾井町にある老舗ホテルのメインダイニングだ。

「何もそんなかしこまったところじゃなくても、安くておいしい店がいっぱいあるじゃない」

と、言ったのだが、珍しく母がどうしてもそこに行きたいと主張した。

昼前、デニムにコットンシャツ、カーディガンを羽織って居間に行くと、「もうちょっと、ちゃんとした格好はできないの」と、母が見咎めた。

「いけない？」

「今日はいつもと違ってホテルなんだから、少しは服装にも気を遣わないと」

確かに母は念入りに化粧をし、肩には花柄のスカーフまで掛けている。

「そうかなぁ。別にいいんじゃないの、ホテルっていったってランチなんだし」と答えたが、「せめてスカートにして」と食い下がる。いつになくしつこく言うので、仕方なく亜沙子はそれに着替えた。

理由がわかったのは、レストランの席に案内された時だった。そこに男がひとり座っていた。

「お待たせしちゃってすみません」

母が愛想のいい笑顔で頭を下げた。男は慌てて椅子から立ち上がった。

「いいえ、僕も今来たところですから」

亜沙子は面食らっていた。これはいったい何なのだ。同席者がいるなんて聞いてない。どうして出掛ける前に言ってくれなかったのだ。

「娘です」と、母が紹介し、亜沙子はぎこちなく頭を下げた。

「亜沙子です」

「はじめまして、田畑《たばた》です」

年齢は三十代半ばといったところだろう。細いストライプのシャツにグレーのジャケットを羽織っている。中肉中背。黒の細いフレームの眼鏡をかけている。

「田畑さんはね、コンピューター技師をされてるの。いつもお世話になってるから、よかったらランチをご一緒しませんかって、お誘いしたのよ」

「そう」

そこに母の意図があるのは、もちろん気づいていた。場所をホテルにしたのも、スカートにこだわったのも、すべてこのせいだったのか。まるで騙し討ちに遭ったような気がした。

ランチはひとり四千二百円。かなりの金額だ。オードブルは決まっていて、メインディッシュとデザートはそれぞれチョイスできるようになっている。

「田畑さんは何がいい？」

母が上擦った声で尋ねた。

「僕は何でも」

「この子羊のソテーはどうかしら？」と、母がメニューを指差した。

「男の人はやっぱり肉よね。お肉、好きでしょう？」

「じゃあ、それにします」

母がはしゃぎながら頷いている。

「私も同じものにするわ。最近、お魚が続いていたから、たまにはお肉も食べなきゃね。亜沙ちゃんはどうする？」

「私は白身魚の香草焼きにする」

つい、答え方がぞんざいになってしまう。

給仕係りにオーダーを告げ、改めて三人で顔を合わせると、よそよそしさが広がった。レストランは三分の二が埋まり、ピアノ曲が静かに流れている。テラスの向こうには手入れの行き届いた庭が広がり、鳥が枝を揺らしている。穏やかな雰囲気の中で、自分たちの席だけが妙に浮いていた。

母が「田畑さんとはね」と、場の空気を取り繕うように話し始めた。

「パート先のパソコンの修理に来てくれて、それが縁で知り合ったの。ほら、三月ほど前、うちのパソコンが動かなくなったことがあったでしょう?」

亜沙子に記憶はないが、そんなことがあったのかもしれない。

「その時にも修理をお願いしたの。あっという間に直してくれて、どんなに助かったかしれないわ。それから、操作がわからなかったり、フリーズしたりしたら、すぐ田畑さんに連絡するの。教え方は親切だし丁寧だし、ものすごく頼りにしてるのよ。田畑さん、いつもありがとうございます」

母はすっかりテンションを高くしている。

「いえ、それが僕の仕事ですから」

田畑が困ったように笑う。田畑は事前に今日のことを聞かされていたのだろうか。それとも、亜沙子と同じように突然引き合わされたのだろうか。だとしたら、田畑の方も迷惑だったに違いない。

オードブルが運ばれて来て、それぞれナイフとフォークを手にした。喋っているのは母ばかりだ。亜沙子の皿が空になろうとしても、母のそれにはまだ半分以上も残っている。メインディッシュを出すタイミングを見計らって、給仕係りがさりげなくこちらの様子を窺っている。

「田畑さんは群馬の前橋出身で、進学のために上京して、コンピューターの会社に就職されたの。そうでしたよね？」

「はい」

「郷里にはお姉さんとお兄さんがいらっしゃって、おうちはもうお兄さんが継いでいるから、気楽な身なんですって」

つまり、母にとってそこが大きなポイントだったというわけだ。家を継ぐ必要のない次男坊。母の考えていることが手に取るようにわかる。

ようやくメインディッシュが運ばれて来た。亜沙子は黙ったまま口にした。香ばしい匂いが立ち上る。身はふっくらとして柔らかく、舌触りも滑らかだ。けれども素直に味を楽しめない。

「いやね、亜沙ちゃんったらどうしたの、黙りっぱなしじゃない。そんなに緊張することないのに」

緊張ではない。けれど、母にはそれが通じない。

「田畑さん、ごめんなさいね。いつもはもっとお喋りな子なんだけど、すっかり硬くなってるみたい。何しろ、ずっと母娘ふたり暮らしでしょう、男の人と一緒にご飯を食べるのに慣れてなくて」

亜沙子は呆れてしまう。本気でそんなことを思っているのだろうか。

「娘はデザイン会社に勤めているんですけど、仕事が楽しくてしょうがないらしいのね。まあ、好きな仕事に就けたのは母親としても嬉しい限りなんだけど、いつまでも仕事ばっかりというわけにもいかないでしょう。もう、いい年になったんだから、そろそろ将来のことも考えてもらわないと」

「おかあさん、そんな話はいいから」

亜沙子は話を遮った。母の言葉はあまりにもあからさまで、恥ずかしいを通り越し、いたたまれなくなる。

「ね、いつもすぐこんなふうにはぐらかしちゃうの。困ったものよ」

母は首をすくめて、質問の矛先を田畑に変えると、身を乗り出すようにして矢継ぎ早に尋ね始めた。

お休みの日には何をなさってるの？　故郷の前橋はどんなところ？　仕事は順調？　趣味は？　食べ物の好き嫌いは？

そのひとつひとつに田畑は律儀に答えている。それにまた母が「まあ」とか「あら」とか、大げさな表情で反応する。そのはしゃぐ母の姿を見ていると、ますます身の置き所がなくなった。早くここから解放されたい気持ちでいっぱいだった。

二時間近くかかった食事が終わり、ようやく席を立った。ランチの支払いは母がした。田畑が「ごちそうになってすみません」と、丁寧に頭を下げている。

「気にしないで、誘ったのはこちらなんだもの。田畑さんとゆっくりお話しできて楽しかったわ。お人柄もよくわかったし、また機会があったらご一緒しましょうよ。お誘いしてもいいでしょう？」

一瞬の間があって、田畑は「はい」と、答えた。

「よかった、じゃあまた連絡差し上げますね。私ね、毎週末の亜沙子とのランチを楽しみにしているの。田畑さんも加わってくれたら、もっと楽しくなると思うのよ」

母の饒舌《じょうぜつ》は止まらない。ようやくロビーに出たところで、こんなことまで言い出した。

「このホテル、お庭がすごく素敵なんですって。よかったら、ふたりで散歩でもして来たら」

亜沙子は呆れていた。臆面もなく、こんな見え透いた演出をする母の神経がどうにも受け入れられなかった。さりげなく拒否の意思を示したのだが、母は気づかない。気づかないふりをしているだけなのかもしれない。察したのは田畑の方だ。田畑はちらりと亜沙子を見て、母に告げた。

「残念ですが、僕、これから仕事があるんです」

「あら……」

「なので、今日はこれで失礼します。本当にごちそうさまでした」

田畑が頭を下げて、ロビーを横切ってゆく。その後ろ姿を眺めながら、母は落胆の息を吐いた。

「亜沙ちゃんがあんまり無愛想だから、田畑さん、気を悪くして帰っちゃったじゃないの」

家に帰ってから、亜沙子は母に抗議した。

「あれはどういうこと？」

ソファに座った母はスカーフをはずし、肩を揉んでいる。

「慣れないものをしていったら、肩が凝っちゃった」

「黙ってお見合いをセッティングするなんて信じられない。せめて先にひと言くらい言っておくべきじゃないの」

膝の上で母はスカーフを畳む。

「だってそんなことしたら、亜沙ちゃん、意識しすぎるかもしれないでしょう。こういうことは、何気なく会った方がお互いリラックスできると思ったの。田畑さん、いい人でしょう。今時、珍しく真面目で誠実で、ああいう人、そうはいないと思うのよ」

「そういう問題じゃなくて、私の意思はどう思ってるのかって聞いてるの」

しかし、母は亜沙子の言葉など少しも意に介していないようだった。

「そんな大げさな話じゃなくて、ただ、ちょっと亜沙ちゃんにどうかなぁって思う人がいたから、ランチに誘っただけじゃない。そんなに怒ることかしら」

「怒ってるわけじゃない。でも、こういうやり方はあんまりだと思う」

「余計なことをしたのだったら謝るわ。でも、亜沙ちゃんだってもう二十七でしょう、親が娘の将来を心配するのは当然のことじゃないかしら。田畑さんが気に入らなかったのなら、それでもいいの。無理強いするつもりなんてぜんぜんないの。ただ、亜沙ちゃんが幸せになるために何ができるのかって、そのことだけ考えてしたことなの。それだけはわかってちょうだいね」

　母の言葉には妙な説得力があって、亜沙子は黙り込んだ。

「紅茶でも飲みましょうか」

　母が台所に向かい、食器棚からカップを取り出した。それにティーバッグを入れ、ポットから湯を注ぐ。ぽこぽこという音がやけに大きく聞こえてくる。

　母の言い分はまっとうなのかもしれない。適齢期と呼ばれる年代の娘を持った親にすれば、結婚に無関心ではいられないのは当然だ。けれども、まるで世間知らずの娘のように扱われるのは心外だった。

「おかあさんは私が誰とも付き合ったことがないと思ってるようだけど、そんなことないから。付き合った人ぐらいいるから」

　亜沙子にすれば、それなりに覚悟が必要な言葉だった。

　知ってるわ、と、母はあっさりと答えた。

「母親だもの、それくらい知ってるわよ」

　母は亜沙子の前にカップを置き、自分もソファに座った。

「でも今は、そういう人はいないんでしょう?」

　思わず口籠ってしまう。

「かあさん、ずっと待ってたのよ。亜沙ちゃんがいつそういう人を連れて来て、結婚したいって言うんだろうって。その時が来たら、黙って送り出そうって決めてたの」

母は、紅茶を一口啜った。亜沙子はカップから立ち上る仄白《ほのじろ》い湯気を見ている。自分から言い出したくせに、言わなければよかったと後悔していた。

「だから、今までそっと見守って来たつもりだったけど、結局、亜沙ちゃんは誰も連れて来なかった」

「…………」

「それも、わかってる。亜沙ちゃんはかあさんを気遣ってくれてたのよね。お嫁に行ってかあさんをひとりにはできないって、それで決心がつかなかったんでしょう？　ありがとう。かあさん、嬉しかった。何て優しい娘に恵まれたんだろうって神さまに感謝したわ。でもね、嬉しがっているだけじゃいけないと思ったの。かあさんのことが重荷になって、亜沙ちゃんが結婚をためらっているのなら、条件のことであれこれ悩まなくてもいい相手を、かあさんも見つけなきゃって。それで思い切って、田畑さんを誘ってみたのよ」

母の言っていることは正しいのかもしれない。これまで結婚の決心がつかなかったのは、確かに母を考えてのことである。けれど何か違う。その何かをどう言えばいいのかわからない。別の解釈をすれば、その「いい相手」というのは亜沙子にとってというより、母にとってのような気がする。

「おとうさんのお葬式の時のこと、今もよく覚えてるわ」

母がぽつりと言った。

「あまりに突然だったでしょう。かあさんったらすっかり我を忘れて、ただただ泣くばかりだった。そんなかあさんを親戚の人が責めたじゃない。その時、亜沙ちゃん、かあさんのこと庇ってくれたよね。かあさん、どんなに嬉しかったかわからない。あの後、これからはどんなことがあってもふたりで頑張って生きていこうねって、約束したよね。あれからもう十四年もたってしまったなんて、信じられないわ。その間にはいろいろあったけど、かあさんは、亜沙ちゃんさえいてくれたら幸せだった、他に何もいらなかった」

亜沙子は黙って聞いていた。思い出されたのは、昔持ち上がった母の縁談話だった。金銭的な苦しさと心許ない生活の中、まだ四十を幾つか過ぎたばかりの母も少しは心が動いたはずである。しかし、亜沙子は反対した。母をとられたくなかった。母を独占しておきたかった。それは子供としての素直な感情だったが、母の幸福を犠牲にしてしまったのではないかという後ろめたさが、今も胸に巣食っている。

「田畑さんのこと、お断りしても構わないのよ。でも、少し考えてみてくれないかな。本当にいい人だから、それはかあさんが保証するから」


仕事をしていても、つい上の空になった。

あれから、亜沙子はずっと考えている。

確かに、結婚相手には条件を付けていた。母をひとりにはできない、母は私が一生面倒をみなければ、という気持ちが先に立っていた。養子に来て欲しいとまでは言わないが、それを引き受けてくれる相手でなければ結婚できないと考えていた。今の時代、そんな条件を持ち出すなんて笑われる。長男長女ばかりが当たり前だ。それがわかっていても、女手ひとつで亜沙子を育て上げてくれた母に対する当然の義務だと思って来た。だから、条件を満たせない男とは別れを選ぶしかなかったのだ。

でも、本当にそうだろうか。

確かに、今までずっと、自分は母のために恋愛を諦めて来たと思っていた。でも、本気で好きな相手なら、母を捨ててでも付いていったのではないか。そうしなかったのは、そこまでの強い思いを相手に感じることができなかっただけではないか。私は男より、母を選んだ。そういうことではないのか。

結婚はしたいと思っている。その気持ちがピュアにある。けれども自分が望むような相手と、これから出会えるかどうか。顔を合わせて「はじめまして」から始めて、仕事や家族の話を聞き出し、共通の話題を探し、キスしてセックスして、相手の望むものと自分の望むものを天秤にかけながら探り合う。出て来る答えは、期待通りでないのがほとんどだ。考えただけでため息が出る。そんな付き合いにはもう疲れた。今までもそうだったように、同じことを繰り返すだけではないのか。

こうして落ち着いて考えてみると、確かに田畑は悪い人ではなかった。母の企みに乗せられたのが嫌だっただけで、もし別の形で出会っていたら、もっと素直に接せられたような気がする。

三日後の朝、台所に行くと、母は朝食の支度をしていた。

「おはよう」

「あら、早いのね」

母が背を向けたまま答えた。声はいつもと変わらない。テレビにはＮＨＫのニュースが映り、コンロには味噌汁の鍋と卵焼きのフライパンが載っている。

「あれから考えたんだけど」

「ええ」

「今度のランチ、田畑さんも誘ってみてくれる？」

母は一瞬動きを止め、やがてゆっくりと振り返った。

「そう、じゃあお誘いしてみるわね」

満面の笑みだった。

二度目のランチで田畑に会った時、意外にも違和感はなかった。場を盛り上げるタイプではないし、洒落た会話ができるわけでもない。女性に慣れていないのも察せられたが、そこにむしろほっとしている自分がいた。

仕事柄、亜沙子の周りにはフリーランスの男が多い。自由に生きている姿は、都会的ではあるが、どこか浮ついているようにも映った。田畑は対照的だった。理系らしい朴訥《ぼくとつ》とした印象が、誠実さに繋がっているように思えた。

三度目の時、ランチの代金は田畑が払った。その帰り、三人でデパートに寄った。母が「お礼に」と、ネクタイをプレゼントした。田畑は「却ってすみません」と、すっかり恐縮していた。

四度目の時は、ランチの後に母と別れ、初めて田畑とふたりきりになった。ちょうど有栖川《ありすがわの》宮《みや》記念公園が近くて、そこをしばらく散歩した。それから喫茶店に入った。向き合ったが、会話はあまり弾まない。ぎこちない雰囲気に包まれていると、田畑がコーヒーを口にしながら漏らした。

「すみません。僕って、退屈でしょう？」

まるで、自分を揶揄《やゆ》するような口調だった。

「えっ、そんなこと……」

「いいんです。自覚してます。人を楽しませるって、ひとつの才能だと思うんですよね。でも、残念ながら僕にはないようです。子供の頃から、つまらない奴って言われてきました。でも、どうすれば面白がってもらえるのかさっぱりわからなくて」

田畑は控えめな笑みを浮かべて、頭をかいた。

その時、田畑の子供の頃の姿が見えたような気がした。周りに馴染めず、いつも教室の窓から校庭を眺めている男の子。からかうのは決まって、そんな男の子をネタにして人を笑わせるのがうまい、お調子者の子だった。

でも、と、亜沙子は言った。

「楽しいことが嫌いなわけではないんでしょう?」

「もちろん。お笑い番組はよく見るし、あと、ネットの動物の動画なんかも大好きで」

「あ、それ、私も同じ。可愛くって、つい見てしまうんですよね」

「そうそう、気が付いたら一時間ぐらいあっと言う間で」

田畑が照れたように笑う。その笑顔にとても親しみを感じた。

「思うんですけど、誰かを楽しませられないのよりも、自分が楽しめない方が、つまらない人なんじゃないかな」

「え……」

「だから、田畑さん、自分のこと、そんなふうに言わないでください」

その帰り、田畑が土産に買ったケーキを持って、一緒に母の待つ家に帰った。母が用意したコーヒーを飲みながら、三人で他愛ない話をした。田畑は亜沙子と母との間にいてもしっくり馴染んでいた。亜沙子自身、田畑といると指定された席に正しく座っているような安心感があった。

コーヒーを飲み終えた時である。「突然ですが」と、田畑が緊張した様子で言い出した。

「亜沙子さんと結婚を前提にしたお付き合いをさせていただけないでしょうか」

田畑は母に向かって頭を下げた。まさか、今ここで、そんなことを言い出すとは思ってもいなかった。

「今日、亜沙子さんと話して、僕にはこの人しかいないと思いました。どうか、よろしくお願いします」

ぼんやりしていると、母が顔を向けた。

「亜沙ちゃんはどうなの？」

亜沙子は田畑を見た。

田畑は優しく誠実だ。真面目で堅実な仕事に就いている。今まで四度会って、田畑に対して不愉快さを感じたことは一度もない。この、否定するものが何もない、というのは、とても価値があることのように思えた。だったら何を迷う必要があるだろう。


《今日はとてもよいお天気で、家の窓を全部開け放してお掃除をしました。

秋の風が心地よく、陽射しも柔らかく、つい張り切って、ずっと気になっていた食器棚も、食器をみんな出して、棚を綺麗に拭きました。すっきりしてとてもいい気分です。

ついでに模様替えもしました。最近、お客さまがいらっしゃる機会が増えてきたので、ソファの位置を壁際からベランダ側へと変えたのです。たったそれだけなのに、部屋の雰囲気がすっかり変わりました。仕事から帰って来た娘も驚いています。でも、無理をして腰を痛めると大変だから今度は私に言って、と叱られてしまいました。娘はいつも私を気遣ってくれます。本当に優しい娘です。

先日、出掛けたランチは、四谷にあるビーフシチューが有名な洋食屋さんです。舌に乗せただけでお肉がほどけてゆくほど柔らかくて、それがまた香ばしいバゲットとマッチして、とてもおいしかったです。あとはサラダにスープ。今日はうまく写真が撮れたと思うのですが、いかがでしょう。》

5　千遥

十一月も最後の週を迎えていた。

すでに街中はクリスマスムードに包まれ、ショーウィンドウには赤と緑と金色のまばゆい光が溢れている。

昨夜、功太郎から連絡があった。「明日、会えないか」と言う。ここひと月ばかり、功太郎は居候している友人の部屋に戻っていた。その間も、メールは頻繁に来ていたが、会ってはいない。

「無理。明日はスポーツジムに行くから」

千遥は素っ気なく答えた。

「そんなの別の日にしてさ。ほら、初めてふたりでデートした青山のイタリアンレストラン、あの店で待ち合わせたいんだ」

お金のない功太郎にしてはめずらしい。

「どういう風の吹き回し？」

「たまには贅沢するのもいいかと思って。七時でどう？」

あのレストランでの食事なら、予定を変えても構わない。

翌日、約束の時間に少し遅れてレストランに入ると、驚いたことに個室に通された。この部屋は別料金で、結構な値段がするはずだ。店の人に案内されて、ドアが開けられたところで、また驚いた。大きなバラの花束を抱えた功太郎が立っていた。その上、功太郎はスーツを着ていた。安物だと一目でわかるが、そんな姿を見るのは初めてだった。

「はい、プレゼント」

千遥は思わず目をしばたたいた。

「どうしたの？」

「シャンパンもあるんだ」

功太郎は戸惑う千遥に押し付けるように花束を渡し、ワインクーラーで冷やされたボトルに顔を向けた。テーブルにはすでにシャンパングラスが用意されている。

「とにかく座って」

言われた通りに席に着くと、店の人が厳かな手つきでシャンパンの栓を抜いた。

「あとは自分でやります」

功太郎は店の人からボトルを受け取り、グラスに注いだ。一度に入れたので泡が溢れてテーブルクロスを濡らしてゆく。それを見て、功太郎がひとりでげらげら笑っている。妙に舞い上がっている。ふたつのグラスが満たされた。

「さ、乾杯しよう」

「何の乾杯？」

功太郎は、その時ばかりは胸を反らした。

「合格の乾杯」

思わず千遥は功太郎を見直した。

「俺、合格したよ」

「……………」

「やだなぁ、そういう反応なわけ？　俺、やったよ。ついに公認会計士の試験に受かったんだ」

すぐには言葉が出ない。

「あ、信じてないんだろう。いいよ、今、証拠を見せてあげる」

功太郎はグラスを置き、スマホを取り出すと、しばらく操作してテーブルに載せた。公認会計士・監査審査会のホームページだった。同時に、ポケットから紙切れを出し、千遥の前に差し出した。

「これが、俺の受験票。で、ここに載ってるのが合格者の受験番号。同じだろ」

千遥は見比べる。確かに、番号は合っている。

「ほんとだ」

「これでわかった？」

功太郎が何年もその資格を目指しているのは聞いていた。しかし、合格するとは考えてもいなかった。所詮、功太郎は永遠に無謀な夢を追い続ける、ただのフリーターだと思っていた。

「合格できたのは千遥さんのおかげだよ。前にも言ったけど、俺、千遥さんと出会ってから、何もかもうまくいくような気がしてたんだ。やっぱり千遥さんは俺の女神だった。ありがとう。そんな言葉じゃ足りないくらい感謝の気持ちでいっぱいだ。俺もこれでやっと千遥さんに恩返しができる」

功太郎が「さあ、乾杯しよう」と、再びグラスを手にした。実感がないまま、千遥は功太郎とグラスを重ね合わせた。

「実は、報告はそれだけじゃない。もうひとつあるんだ」

功太郎はますます得意顔になった。

「何？」

「就職先も決まった」

千遥は目をしばたたいた。

「外資系のファンド会社だ。もともと、そこの人事担当とは、俺が税理士事務所で働いていた時からの知り合いで、公認会計士の試験に合格したら声を掛けてくれって言われてたんだ。連絡したらすぐに面接に来いって言われて、正式に採用が決まった。来月からそこで働く。入社証明書はこれ」

功太郎がまた用紙をテーブルに載せる。千遥は瞬きを繰り返すばかりだ。

「本当は、試験に合格した時、すぐ千遥さんに報告したかったんだ。だけど、やっぱりそれだけじゃ駄目だと思った。何と言っても、男はちゃんと働いてこそ一人前だからね。だから、報告は就職が決まってからにした」

功太郎は言いながら、うっとりと目を細めている。

「どうせなら、初めて千遥さんとデートしたこの店で伝えようと思ってさ。ここは俺と千遥さんにとって始まりの場所だから」

千遥はグラスを手にしたまま、ぼんやり功太郎を見ている。

「あ、まだ信じてないんだろ」と、功太郎が笑い出した。

「まあ、当然だと思うよ。俺だってこの状況の変化は信じられないもんな。でも、現実だ。自慢するわけじゃないけど、公認会計士の試験に受かるっていうのはそれだけ価値のあることなんだ。とにかく、俺はもうフリーターじゃない。この店で『水道水をください』なんて、二度と言わないよ」

功太郎が興奮気味に話し続ける。あまりに唐突で、何だか悪い冗談に乗せられているような気がしてしまう。

功太郎がグラスを空けた。自分で注ぎ足し、まだ少ししか減っていない千遥のグラスも満たした。

「でも、最初は大卒の初任給と同じくらいしかもらえないんだ。だけどそれは基本給であって、成果を挙げればその分増える仕組みになっている。年功序列じゃなくて、そういう実力主義的なところが、いかにも外資系らしいだろう。俺みたいな新参者もチャンスはいくらでもあるってわけだ。だからこそ仕事にも張り合いが持てる。前にも言ったけど、年収一千万だって夢じゃない。会社には一億稼いでいる人だっているくらいだ。俺、頑張るよ。千遥さんのためにこれから必死に頑張るから」

千遥は何と言っていいのかわからない。

「あのさ、こういう時なんだから、少しは嬉しそうな顔をしてくれよ」

功太郎が情けない声を出した。

「千遥さんの笑顔が、俺のいちばんのエネルギーなんだから。本当にそうだよ。それさえあれば他に何もいらない。千遥さんの笑顔さえあれば、俺は空だって飛べる」

「馬鹿ね」

千遥はようやく口元をほころばせた。

「あ、やっと笑ってくれた。それそれ、千遥さんの笑顔、やっぱり最高」

それから功太郎は居住まいを正した。

「千遥さん、今まで俺は本当に駄目な男だった。お金も仕事も甲斐性もなかった。自分でもそれがよくわかってたから、千遥さんの前では、馬鹿ばっかり言って、おどけてみせるしかなかったんだ。でも、試験に受かって就職も決まって、これでやっと男としての自信がついた。今まで言いたくてもどうしても言えなかったことも、ようやく言えるようになった」

それから椅子を立ってテーブルを回り、千遥の前に来ると、少し芝居がかった仕草で床に片膝をついた。

「千遥さん、俺と結婚してください」


ベッドの隣で功太郎が呑気な寝息をたてている。

すっかりテンションが上がった功太郎は、シャンパンを空けた後、赤ワインのボトルも飲み干し、食事を終えてレストランを出た時にはすっかり酔っぱらっていた。

千遥のマンションに向かうタクシーの中、功太郎は千遥の肩を抱き、耳元で「愛してる」を繰り返した。「愛してる、愛してる。ずっと一緒にいたい。必ず幸せにする」

そんな言葉にほだされるように、千遥は功太郎をマンションに入れたのだ。

千遥は目が冴えて、寝付けなかった。まだ、この状況の変化に付いていけずにいた。

喉が渇いて、水を飲もうと居間に行くと、ソファに破顔したミハルが座っていた。

〈やったね〉

ミハルの声は弾んでいる。千遥は冷蔵庫からミネラルウォーターのボトルを取り出した。

「そう?」

〈これで、あいつと結婚するんでしょ〉

ミハルの隣に腰を下ろして、千遥は一口、水を飲んだ。

「どうかな」

〈何言ってるの、結婚すればいいじゃない。試験にも合格したんだし、就職も決まったし〉

「よく言うね、この間まであんなに貶《けな》してたのに」

〈だって、状況が変わったんだもの、気持ちも変わって当然よ。いったい何を迷ってるの？〉

「だって……」

千遥は口籠りながら、宙を見据えた。

「だって、結婚するってことは、家庭を持つってことなのよ」

〈そうよ〉

「子供だって産むことになるかもしれない」

〈そういうこともあるかもね〉

「そんな自分、想像つかない」

今まで、結婚をまったく考えなかったわけではない。けれども、それを考えようとすると、どうにも自分の家庭と重なってしまう。家庭の在り方というものが千遥にはわからなかった。そこは心休まるところでも、自由気儘に振る舞えるところでも、本音を晒せるところでも、笑って過ごせるところでもなかった。常に母の顔色を窺い、緊張を強いられ、自分が今どう振る舞えばいいのか、おどおど考えるばかりの場所だった。

〈でも、そろそろ現実と向き合ってもいいんじゃないの。こんな暮らしがいつまでも続くはずがないことぐらい、千遥だってわかってるんでしょう？〉

先日、千遥の三歳上の女性社員が、来年三月に退職すると聞かされた。次の契約更新がされなかったのだ。そうなると千遥がいちばん年上になる。現在、女性社員は四人。全員契約社員だが、千遥以外はみな二十代だ。もし、次に更新されない社員がいるとしたら、それが自分になる可能性は高い。

仲林との関係もいつまで続くかわからない。最近は連絡も遠のきがちだ。仲林が他の若い女に目移りしないとどうして言えるだろう。結婚はどうするつもりだと、仲林が尋ねたことがあった。あれはやはり、暗に別れを仄めかしたのかもしれない。

もし、仕事がなくなってしまったら――。仲林も去って行ってしまったら――。

私はどうすればいいのだろう。金銭的に窮するのは明らかだ。父はきっと、実家に戻って事務を手伝えと言うに違いない。母は呆れ、嘲《あざけ》り、罵倒するだろう。母に怯える暮らしが、また始まるというのか。

それだけは嫌だ、絶対に嫌だ。

〈結婚すればいいの、それがいちばんなの〉

「かあさん、どう言うかな」

〈相手は公認会計士なんだもの、よくこんなエリートを捕まえたってびっくりするに決まってる〉

「そうかな」

〈そうよ〉

それを聞いて、千遥もだんだんと気持ちが昂揚して来た。

「そうよね、かあさんも絶対、納得するよね」

〈当たり前じゃない。これで一発逆転、かあさんの鼻を明かしてやろうよ〉

その時の母の表情を想像すると、ようやく千遥の顔に笑みが広がっていった。


一週間後、千遥はプロポーズを受け入れた。

功太郎の喜びようは、千遥の方が恥ずかしくなるくらいストレートなものだった。

「ありがとう。俺は世界でいちばんの幸せ者だ」

そう言って、涙ぐみながら千遥を抱きしめた。

「絶対に幸せにするよ」

この成り行きに満足しながらも、千遥は別のことも考えていた。仲林との関係をどう清算すればいいか、だ。最近の仲林の様子からして、揉めることはないと思うが、どうなるかはわからない。それに、こうなった以上、この部屋からは出て行かなければならない。

「それで、住むところはどうするの？」

千遥は尋ねた。

「会社に社宅を用意してもらうよ。福利厚生のしっかりしてる会社だから大丈夫。俺としても、すぐにでも一緒に住みたいしさ」

「それ、いつ頃になる？」

「それは会社に聞いてみないとわからないけど、結婚までには必ず何とかするから」

となると、仲林にはいつ切り出せばいいだろう。あまり早く言ってしまうと、住む家がなくなる。それは困る。引っ越し先が決まるまで黙っているしかない。

冷静に頭を巡らせている千遥とは対照的に、功太郎はすっかり舞い上がっていた。

新婚旅行はどこにする？　子供は三人は欲しいよな。男の子はサッカーかテニス、女の子にはバレエを習わせたい。いずれ庭付き一戸建てを買おう。芝生の庭でバーベキューをするのが夢だったんだ。などと、ひとりではしゃいでいる。

そんな功太郎の様子を見て、これでよかったのだ、と千遥は改めて納得していた。功太郎は自分にとことん惚れている。安定した仕事にも就いた。前途に不安はない。何より、もう他に選ぶ道はない、というのが答えではないか。

その後、功太郎が取った行動は、北関東にある自分の実家に千遥を連れてゆくことだった。十二月に入って最初の週末、慌ただしく東北新幹線に乗り、ふたりで訪ねた。功太郎の実家は小さな果樹園をやっていて、両親は素朴で温かみに溢れた人柄だった。緊張して出向いたが、快く迎えられてほっとした。千遥が年上だということも、少しも気にしていない様子で安心した。奥の部屋に寝たきりの祖母がいて、功太郎はほとんど意識のない祖母にも一所懸命千遥を紹介した。

功太郎が長男だというのはその時知った。けれども、両親ともに跡継ぎにするなど考えてもなく、すべて本人任せにしているという。

「好きなことをさせてやる、それだけが息子にあげられる財産みたいなものですから」

とはいえ、やはりフリーターという状況は心配の種だったのだろう。試験に合格し、就職が決まり、結婚すると聞いて、心から安堵《あんど》している様子だった。

「それも、こんな綺麗なお嬢さんがお嫁さんになってくれるなんて、嬉しい限りです。どうぞ、功太郎をよろしくお願いしますね」

母親は千遥の手を取って、目をうるませた。

「こちらこそ、よろしくお願いします」

千遥もまた、胸を熱くして頭を下げた。

東京に帰って来ると、当然、功太郎は千遥の実家に行きたいと言い出した。

「やっと、きちんと挨拶ができる」

覚悟していたことである。

「それなんだけど」と、千遥はくぐもった声で答えた。

「私、両親とあまりうまくいってないの。小さい時からそう。特に母親とは駄目だった。無関心っていうか、私に興味がないの」

「うちだって似たようなものだよ。会ってわかっただろう、放任主義もいいとこ」

功太郎はまったく意に介さない様子だ。

「功太郎のうちとは違うの。だからね、あなたを連れて行っても、両親が喜ぶかどうかわからない。もしかしたら、ひどいこと言って、不愉快にさせるかもしれない」

公認会計士は自慢できる肩書だ。ミハルだってそう言ったではないか。けれど、母が本当に認めるかとなると、やはり不安が拭えないのだった。母の満足の基準というものの見当がつかない。母が今まで千遥を認めたことなど一度もない。やることなすこと貶されてきた。

「あんた。こんな男しか連れて来られないの。恥ずかしいったらありゃしない」

つい、そんな言葉が想像されてしまう。そして、それを実際に言われた時、その辛辣な批判に屈服し、千遥自身が功太郎を情けない男に位置付けてしまうのではないかという自信のなさもあるのだった。恐れているのは、むしろ、そっちの方だった。

「だからね、もう、うちの両親には知らせずに、勝手に結婚しちゃってもいいかなって思うの」

「それはよくないよ」

功太郎は、真面目な声で返した。

「俺は、ちゃんと筋を通したい。そうすることが、男の責任だと思う。両親との関係がうまくいってないなんて、どこにでもある話さ。俺はちっとも気にならない。俺が結婚するのは、両親じゃなくて千遥さんなんだから。たとえ何を言われようと、俺は堂々と、千遥さんをくださいって、宣言したいんだ」

功太郎に背を押されるように、母に電話を入れた。

仕事の昼休み、会社のビルの外階段の踊り場に出て、千遥はスマホを取り出した。

朝や夕方だと「この忙しい時に」と言われる。夜だと「観たいテレビがあるのに」と言われる。今の時間しかない。

「何なの、せっかく昼寝してたのに」

返って来たのはやはり不機嫌な声だった。

「今週の土曜か日曜、どうしてるかなと思って」

尋ねる自分の声が卑屈にまみれて耳に届く。

「どうしてるって、どういうこと？」

質問に質問で返すのは、いつもの母のやり方だ。

「帰省したいと思ってるんだけど」

「何で？」

「実は……、会ってもらいたい人がいて」

母はしばらく沈黙した。それがやけに長く感じられて、千遥はもう一度言った。

「あのね、会ってもらいたい人が……」

遮るように母が言った。

「何度も言わなくても聞こえてるわよ」

千遥は口を噤む。

「男？」

「まあ……」

「あんた、この間帰って来た時、そんなことひと言も言わなかったじゃない。そういう人がいるならいるって、どうしてはっきり言わないのよ」

「あの時はまだ、そんなのじゃなかったから」

「それで、相手はどんな男なの？」

その時ばかりは、千遥は少し声を高くして、名前や年齢、公認会計士の試験に受かり外資のファンド会社に勤めていることを説明した。

しかし、反応は素っ気ないものだった。

「あっそ」

どんなにがっかりしただろう。やはり母は、私が連れてゆく男は、誰であろうと気に食わないのだ。

「週末くらいゆっくりしてたいのよね、とうさんもゴルフ三昧《ざんまい》だし」

「お昼過ぎに、ちょっとの時間でいいの」

そうねえ、と、母はもったいぶってから、しぶしぶと答えた。

「だったら土曜日にして。昼食も夕食も用意しないけど、別にいいでしょ」

「もちろん、構わない」

電話を切って、千遥は息を吐いた。

とにかく承諾は取った。功太郎に対して母がどんな態度で出るか、不安は尽きないが、とにかく挨拶だけは何とかやり過ごそう。長居はせず報告だけしてすぐに帰ろう。それさえ終えれば、後は何とでもなる。

新幹線に乗っている間中、千遥はずっと緊張していた。そんな思いも知らず、功太郎は呑気に駅弁を食べている。

「母はとにかく口が悪いから、きっとびっくりすると思う。ひどいこと言われるかもしれないけど聞き流しておいて。私のことも、散々貶すだろうけど、もともとそういう人だから気にしないで。それから……」

「大丈夫、任せておけって。俺、こう見えて、結構年上の人の受けはいいんだ」

功太郎が選んだ土産のクッキーも気になっていた。母はきっとこう言う。

「いやだ、こんなの持って来て。歯の裏にくっつくじゃない」

玄関前に立ったのは、午後一時を少し過ぎた頃である。

いつものようにひとつ深呼吸して、千遥は玄関戸を開けた。テレビの音が聞こえたら嫌だなと思い、聞こえなくてほっとした。「ただいま」と声を掛けたが、どうせ返事はないに決まっている。廊下に上がろうとすると、奥からスリッパをぱたぱたさせながら、母が姿を現した。

「まあまあ、いらっしゃい。お待ちしてたんですよ」

母は見たこともないような、満面の笑みを浮かべていた。驚いたことに、後ろから父まで出て来た。

「遠いところをわざわざ来ていただいて恐縮です。さあ、上がってください」

思いがけない歓待に千遥は面食らうばかりだ。いったい何が起こったのか。母がマットに二足のスリッパを並べた。新品のスリッパだ。

「芦田功太郎と申します。このたびはお時間を取っていただいてありがとうございます」

功太郎がかしこまって頭を下げた。

「いやいや、とんでもない。堅苦しい挨拶は後にして、さあ、どうぞ」

父に促されて客間に入った。床の間には父が大切にしている山水画の掛け軸が下がっていた。座卓の真ん中に庭の山茶花《さざんか》が一輪。座布団を勧められ、功太郎が腰を下ろした。廊下に近い場所に千遥は座った。

「今、お茶を淹《い》れますね」

母が台所に向かおうとするのを見て、千遥は慌てて立ち上がった。気が利かない、横着もの、母の叱責が聞こえるようだ。しかし、母は言った。

「あら、千遥はいいのよ、そこに座ってなさい」

「でも」

「いいから、いいから」

「電車、混んでませんでしたか」と、父が功太郎に尋ねた。

「いえ、それほどでもありませんでした」

「お天気でよかった。十二月になったっていうのに、今日はちょっとムシムシしていて」

「東京も同じです」

「やっぱり異常気象の影響ですかね」

「そうなんでしょうね」

父と功太郎が世間話をしている間に、母がお茶を持って現れた。

「さあ、どうぞ」

座卓に、茶托に載った蓋付き茶碗を置く。客用の伊万里だ。この茶碗を見たのは久しぶりだった。母の自慢の品で、特別な日にしか使わない。

「ありがとうございます。あ、これ、土産のクッキーです」

功太郎が箱を渡す。思わず千遥は身構える。

「まあ、クッキー。嬉しいわ。大好きなんですよ」

母が笑顔で受け取っている。

「芦田さん、公認会計士の試験に合格されたんですってね」

父が座卓に身を乗り出すようにして尋ねた。

「はい、回り道はしましたが、今回、何とか通りました」

「難関じゃないですか。突破するのは大変だったでしょう。それに就職先も、有名な外資系ファンド会社とか」

「たまたま誘ってくれる人がいたものですから」

「いやいや、それだけじゃ入社できんでしょう」

「幸運はあったと思います。でも、実力主義の会社なので気が抜けません。証券アナリストの勉強も始めなければと思っているところです」

「いやぁ、大したものだ」

感心する父の隣で、母も大きく頷いている。それでも、千遥は緊張を緩めはしなかった。散々持ち上げておいて、一気に貶す。母ならやりかねない。

「あの、今日はお願いがあって参りました」

功太郎がいよいよ切り出した。父と母が姿勢を正す。功太郎は座布団から下り、畳に手をついた。

「若輩者《じゃくはいもの》ではありますが、どうか千遥さんと結婚させてください」


夕方前には帰るつもりでいた。しかし、母はすでに夕食のために寿司を注文しているという。座卓には、お茶の代わりにビールが並び、母の手作りの料理が並んだ。弟の宏和も加わって、グラスを傾けながら、時に笑い、時に熱心に言葉を交わし、話が弾んでいる。

千遥は空いた皿を台所に持って行った。母は澄まし汁の用意をしていた。流し台に皿を置いて、水道の蛇口を捻る。

「いいのよ、そこに置いておいて。後でかあさんが洗うから」

「あ、うん」

「それにしても、あんた、すごい人を捕まえたわね」

上擦った母の声に、千遥は顔を向けた。

「とうさんから聞くまで、ぜんぜん知らなかった。公認会計士ってとっても難しい試験なんですってね。その資格さえあれば、一生食いっぱぐれはないんでしょう。それに、こっちは宏和から聞いたんだけど、そのファンド会社っていうのも、世界を股にかけてて、ものすごく有名な会社だっていうじゃない。もう、聞けば聞くほどびっくり」

驚くのは千遥の方だ。母からそんな言葉を掛けられるなんて思ってもいなかった。

「あんたは子供の頃からぼーっとしてて、とろいっていうか愚鈍っていうか、苛々させられっぱなしだったけど、やる時はやるのね。あんなりっぱな人を連れて来るなんて、こう言っちゃなんだけど、今度ばかりは見直したわ」

背中が粟立ち、身体が熱くなった。やがて、ふつふつと心の奥底から喜びが湧き上がって来るのを感じた。

「親戚や近所の人にも鼻高々よ。これから自慢しまくらなきゃ」

玄関から呼び声が聞こえた。出前の寿司が届いたようだ。母がエプロンで手を拭き「はーい」と、いそいそと廊下を走ってゆく。

勝ったのだ。

千遥は興奮に震えながら、流し台の縁を強く握りしめた。

あれほど私を見下し、馬鹿にし、邪険に扱って来た母に、私はついに勝ったのだ。

6　亜沙子

今となってみれば、母の言う通りだったと亜沙子は思う。

最初から条件の揃った相手と付き合うのは、こんなにも気持ちが楽になれるものなのか。もう「この人はいずれ郷里に帰るのだ」も「母の存在を理解してもらえるだろうか」も、悩まなくていい。熱烈な恋愛というわけではないが、その分、心が掻き乱されることもない。何より、田畑は優しく、母を大切にしてくれる。それだけで十分ではないか。

田畑のアパートは久我山《くがやま》にある。初めてのセックスはその部屋だった。

ランチの後、母と別れ、ふたりで彼のアパートに行った。部屋を訪ねたのは三度目だった。ずいぶんと古びた2Kで、四畳半が居間、六畳の方は仕事部屋と寝室が一緒になっていた。そこはパソコンの機材などでごちゃごちゃしていた。

その日は、最初から互いに意識していた。前回はキスをした。次の段階に進むのは当然だった。

話が途切れたところで、田畑は亜沙子を引き寄せた。唇を重ね、しばらく舌を絡め合ってから、田畑が言った。

「隣の部屋に行こうか」

「ええ」

田畑も今日はそのつもりだったのだろう。ベッドのシーツからは、洗ったばかりの匂いがした。

ベッドの端に腰かけて、またキスをした。もちろんどきどきした。田畑も同じだろう。照れ臭さもあったし、気持ちが張りつめてもいた。

田畑は亜沙子のブラウスのボタンをはずした。その指が緊張している。最後のボタンまではずしたが、ブラジャーのホックで手間取った。田畑が焦っている。亜沙子は背中に手を回し、自分ではずした。

ふたりは服を脱ぎ、抱き合った。田畑が乳房に触れ、唇を這わせ、その指が足の付け根へと伸びてゆく。やはりお互いにぎこちないが、最初なのだから仕方ない。やがて田畑は亜沙子の両膝を割り、屹立したそれを押し当てた。身体の中に異物が押し込まれる感触を、亜沙子は久しぶりに味わっていた。

「いい?」

田畑が尋ねる。亜沙子は黙ったまま頷く。

「本当にいい?」

田畑は言葉が欲しいらしい。

すごく、と、亜沙子は答えた。ようやくほっとしたように田畑は果てた。

緊張のせいもあったろう。たどたどしさが先に立つばかりの、型通りのセックスだった。田畑があまり女性の経験がないらしいことは感じられたが、それが却って亜沙子を安心させていた。むしろ田畑の誠実さを物語っているように思えた。ふたりが求めているのは身体で繋がる関係ではない。望んでいるのは人生を共にする伴侶である。

最近は、週末以外も、田畑は亜沙子のマンションを訪ねて来るようになった。

すでに十二月に入り、街中が慌ただしさに包まれていた。年末になるといつも抱く、胸を締め付けるような厄介な孤独感も、今年はなかった。将来を約束した相手がいる。それはこんなにも心を落ち着かせてくれるのだと、改めて驚いてしまう。

その夜は自宅で、母が用意した夕食を三人で食べた。母はいつも田畑のために、シンプルだが手のかかる料理を用意した。出汁《だし》にこだわった煮魚とか、朝から煮込んだシチューとか、根菜の煮物などである。その日は、ロールキャベツだった。

食事の後、コーヒーを飲みながら、田畑がこんなことを言い出した。

「そろそろ、この近くに部屋を借りようと思ってるんです」

亜沙子は思わず田畑の顔を見た。

「でも、僕の給料じゃ、そんなに広い部屋は借りられなくて」

母がゆっくりとカップを置く。

「あなたたちふたりで暮らせる広ささえあれば十分。近くに住んでくれるなら、いつでも行ったり来たりできるんだもの」

「じゃあ、これから探してみます」

田畑が亜沙子に顔を向けて「それでいいよね？」と、尋ねた。

戸惑っていると、母が小さく吹き出した。

「ねえ、田畑さん。照れ臭いのはわかるけど、せっかくなんだから、亜沙ちゃんには普通に言ってあげてくれないかしら」

田畑が肩をすくめている。それから居住まいを正し、改めて亜沙子に向き直った。

「亜沙子さん、どうか僕と結婚してください」

突然のことで、すぐに言葉が出ない。

「どうなの、亜沙ちゃん？」

母に促され、亜沙子は我に返った。

「あ、はい。よろしくお願いします」

母の顔に満面の笑みが広がる。

「おめでとう。これで私も肩の荷が下りたわ。さあ、何はともあれ祝杯をあげましょう」

母が浮き立った声で立ち上がり、冷蔵庫から缶ビールを取り出した。テーブルにグラスが並べられ、ビールが注がれる。

乾杯。

グラスが鳴った。亜沙子と田畑の婚約が成立した瞬間だった。

《どことなく慌ただしい日々が続いています。

最近、娘とふたりで、よくキッチンに立つようになりました。お出汁の取り方、調味料を使う順番、まずはそんな基本的なことを教えています。ここは中火にするの？　隠し味にお味噌を使うの？　などと、娘はまだまだ知らないことばかり。でも、ふたりで楽しみながらお料理を作っています。

娘は子供の頃、好き嫌いがたくさんありました。ピーマンや人参はもちろん、ちょっと匂いのする野菜がどうにも苦手で、細かくしたり、包み込んだり、いろんな工夫をしたものです。娘が食べてくれると、嬉しくて、今度はもっとおいしく食べられるようにと頑張りました。娘は今もそれを覚えていて、「私が健康に育ったのは、おかあさんのおかげ」と言ってくれています。頑張った甲斐があったと、嬉しくてなりません。》

田畑との付き合いは順調に続いていた。

銀座の宝石店で、ふたりで婚約指輪を買った。０・３５カラットのダイヤモンドだ。小粒だが透明度が高く、輝きが美しい。それを着けると婚約がいっそう実感として迫って来た。結婚が、いよいよ具体的に動き出したのだという感慨に包まれた。

年末に、ふたり揃って前橋にある田畑の実家に挨拶に行った。両親と兄姉家族が集まり、賑やかな食事で歓待してくれた。田畑の父親はすでに定年退職し、今は町会の世話役をしているという。母親はよく笑う人で、硬くなっている亜沙子を気遣い、和ませてくれた。兄家族にはやんちゃ盛りの男の子がふたりいて、傍若無人に走り回る子供らを叱ってばかりだったが、そこに温かな家族の愛情が感じられた。誰もが、この結婚を喜んでくれていることが伝わって来た。

帰り際、田畑の母親から「愛想のない息子だけれど、末永くよろしくお願いします」と、頭を下げられ、胸が熱くなった。「こちらこそよろしくお願いします」と、返しながら、亜沙子も思わず涙ぐんだ。

これから結納を交わし、式場と新居を探す。できるなら早い方がいいと田畑の両親も言ってくれている。もちろん亜沙子の母も同様だ。秋にしようと思っていたが、ジューンブライドも悪くない。

結婚は静かに、着実に進んでいた。


お正月は母とふたりで過ごした。母娘だけで過ごすお正月はこれが最後になる、という母の提案もあって、奥多摩にある岩蔵温泉に一泊して来た。少々贅沢な気もしないではなかったが、今となっては行ってよかったと思う。家から電車で二時間足らずの距離だというのに、東京都とは思えないほど静かで、豊かな森が広がっていた。湯に浸かり、地元の食材を使った料理を食べ、母とふたり、のんびり過ごした。

正月が明け、一気に日常が戻って来た。

まだ松の内だというのに、街のショーウィンドウには、もうバレンタインデーのチョコレートが並んでいる。

今年いちばんに亜沙子が手掛ける仕事は、クリスマスカードと年賀状のデザインである。まだ年が明けたばかりだが、この業界では、一年先を見込んで進行するのがほとんどだ。これを繰り返していると、毎年、誰よりも早く年を取ってゆくような気がする。

スケッチブックに向かってあれやこれやと描いていると、後輩の智子がやって来た。

「ねえねえ、亜沙子先輩。突然なんですけど、今日、時間ないですか?」

「何かあるの?」

智子は近くの空いていた椅子を引っ張って来て、隣に腰を下ろした。

「実は今日、合コンをセッティングしたんですけど、約束していたひとりが急に来られなくなったんです」

智子は以前宣言した通り、合コンに勤《いそ》しんでいる。毎回ランチタイムに報告するので、結果はみんな知っている。相手はまだ見つかっていないようだ。

「いろいろ当たってみたんですけど、今日に限って誰も都合がつかなくて。で、亜沙子先輩はどうかなって思ったわけです。あ、もちろん婚約したのは知ってますよ。今更ですけど、おめでとうございます。まあ、もう相手はいるんだし、合コンなんて興味ないかもしれないけど、お店だけはすごくいいんです。予約がなかなか取れないって評判の創作フレンチで、お料理を食べるだけでも満足できます。それは保証します。なので、すみません、何とかお願いできませんか」

智子は顔の前で両手を合わせた。

婚約の話は、結納が終わるまで伏せておくつもりだったが、チーフの路子にだけは打ち明けておいた方がいいと判断した。すると「それなら総務部にも言っておかないと」という流れになり、結局、あっと言う間に噂が広まっていた。覚悟はしていたが、やはり秘密にするのは難しい。

「結婚したら、もう合コンなんてできないわけだし、ね、独身時代の最後の思い出ってことで」

智子はお願い事がうまい。つい、情にほだされてしまう。彼女もその自分の特技をよく自覚しているだろう。

今夜、残業の予定はない。田畑との約束もない。合コンなんて長いこと遠ざかっていた。そんな浮かれたイベントには、もう出席するような機会もないだろう。

「じゃ、ちょっと行ってみようかな」

「やった！」

智子ははしゃいだ声を上げた。

午後七時。レストランにはすでにメンバーが集まっていた。

男女六人ずつ。女性たちは智子の知り合いで、みな亜沙子より年下のようだ。男たちは三十歳前後といったところだろうか。

個室の長テーブルに向き合うような形で座った。仕切り役の智子と、男性側の幹事が進行役となって、まずはスパークリングワインで乾杯し、順番に簡単な自己紹介をした。男たちは学生時代の友人繋がりで、それなりに名の通った会社に勤めている。

こんな席は久しぶりなので、どうにも照れ臭くてならなかった。自己紹介後は、亜沙子はもっぱら食べる方に専念した。確かに智子の言った通り、料理が凝っている。今度、ランチに母と田畑と一緒に来よう、などと考えていた。

酔いも少しずつ回って来て、雰囲気もリラックスして来たようだ。観察していると、どうやら女性たちのいちばん人気なのは、テーブルの向かい側、右から二番目の男らしい。特別に顔立ちが整っているというわけではないが、人当たりがよく、明るい印象で、人を和ませる雰囲気を持っている。女の子たちの質問が彼に集中しているのが何よりの証拠だ。

「外資系ファンド会社にお勤めってことは、つまり、将来、海外勤務もあるってことですよね」

男は感じのいい笑みを浮かべた。

「もしかしたら」

「本社はニューヨークなんでしょう?」

「けれど、支社は砂漠の真ん中にもあるから」

「パリとかロンドンには?」

「まあ、可能性としては」

「きゃっ、素敵」

女の子たちの目が熱気を帯びる。特に、田舎の家業を継がされそうになっている智子にとって、海外勤務など渡りに船だろう。真剣な表情で身を乗り出している。そんな露骨な女の子たちの反応に、幹事役の男がついに不満の声を上げた。

「何か、感じ悪いんだけど。外資系って、そんなに魅力なわけ？」

女の子たちが肩をすくめて、互いに顔を見合わせた。

「実力主義とか言うけれど、その分、冷たいもんだよ。ミスったら即クビってことも平気でやるんだから」

他の男たちも頷いている。けれども、女の子たちは意に介していないようだ。たまりかねたように、幹事が言った。

「それに、言っておくけど、こいつ、ずっと俺のアパートに居候してるんだ」

「ええっ」

女の子たちから驚きの声が上がった。

「今の会社に就職が決まるまではずっとフリーターで、まともに住む部屋もなかったんだ。最近、ようやく家賃を半分出してくれるようになったけど、今も居候であることに変わりはない」

「へえ……」

女性たちの困惑した視線を浴びても、彼はまったく気にしていないようだ。むしろ、楽しそうにワインのグラスを空けている。

「更に言わせてもらうけど、こいつには婚約者がいる」

またどよめきが広がった。早速、女の子のひとりが抗議した。

「あの、それってひどくない？　そういうのありなの？」

男性側の幹事が慌てて言い訳した。

「あ、いや、どうしても人数の都合がつけられなくて、しょうがなく呼んだんだ。ま、そういうことなんで、こいつは無視するってことでよろしく」

「じゃあ、芦田さんは亜沙子さんの隣に移ってくれますか」と、言ったのは智子だ。

どうして、と、幹事が尋ねる。

「実は、そこにいる亜沙子さんも婚約中なんです。そちらと同じ理由で無理に出席してもらったんです」

幹事は呆れた声を出した。

「なーんだ、そっちも同じことやってるんじゃないか」

女の子たちは現金なものだ。急に芦田に興味をなくし、彼は追い立てられるように亜沙子の隣に移動して来た。

「どうも」

苦笑いしながら、芦田がぺこりと頭を下げた。

「こちらこそ」

言葉を交わしながらも、互いに笑ってしまう。

「だから、俺は出たくないって言ったんだけど、あいつには世話になってるから断れなくて」

「私も同じようなもの」

「服部《はっとり》さんだったよね、式はいつ？」

ざっくばらんに芦田は尋ねた。

「まだ決まってないの。できたら夏前にはって思ってるんだけど、なかなか手頃な式場が見つからなくて。芦田さんは？」

「俺も早く挙げたいんだけど、その前に、結納があるからさ。それをどうしようかって思案中なんだ」

「思案中って？」

「ホテルに、結納パックみたいなのがあるだろう。必要なものはみんな用意してくれて、双方身ひとつで行けばいいってやつ。段取りもすべて任せられるっていうから、それがいちばん便利だなって思ってるんだ」

「ああ、私もそれを利用するつもり。時間も短くて済むし、確かに便利よね」

「でも、彼女がどうしても実家でやりたいって言うんだよね。スルメとか白麻なんかを水引で巻いて、昔ながらの形式にのっとって欲しいって」

「へえ、今時、珍しい」

「まあ、一生に一度のことだから、その気持ちもわからないではないんだけどさ」

ワインを飲み、料理を食べながら、話は続く。同じ境遇にあるせいか、会ったばかりだというのに親近感が湧く。

「でも、それをするとなると、うちの実家からじゃ日帰りは無理なんだ。俺んとこ、祖母の身体の具合が悪くて、母親が自宅介護をしているし、家業は果樹園だし、泊まりがけで家を空けるのは難しくてさ」

「それ、彼女には言ったの？」

「もちろん言ったけど、とにかく実家でやって欲しいの一点張り。できるなら、彼女の希望を叶えてあげたいとは思ってるんだけど、両親がどう言うかなぁと思って」

「優しいのね」

芦田は照れたように目を細めた。

「ま、惚れた弱みというやつだな」

その表情から、彼女への思いの深さが伝わって来るようだった。自分も婚約しているというのに、ちらりと、亜沙子の胸を嫉妬に似たものがかすめて行った。


週末はだいたい母と田畑と三人で過ごしている。

ウィークデーに一度、ふたりだけで会い、田畑の部屋へゆく。それがいつしか習慣のようになっていた。

田畑は優しく、真面目で、不満は何もない。

そう思いながらも、時折、小さな石に躓いたような気持ちになるのを亜沙子は感じていた。

わかっている。今更、情熱に任せたセックスがしたいわけではない。田畑が乱暴とか下手とかいうわけでもない。むしろ、丁寧に扱ってくれる。亜沙子も穏やかに受け入れる。だからこそ、いっそう感じてしまうのかもしれない。互いに義務感が先に立っているのではないか。

同時に、母にそれを知られていると思うと気まずくてならないのだった。田畑とふたりで会った日は、母はいつもお茶の支度をして亜沙子の帰りを待っている。具体的な質問をするわけではないが、テーブルを挟んで向かい合っていると、何だかいたたまれなくなって来る。亜沙子は仕方なく「今日はふたりで式場の相談をした」とか「新居のインテリアを考えていた」といった無難な話をする。

亜沙子にとって、セックスは母に知られたくない行為である。かつて、恋人とどんなに淫《みだ》らな時間を過ごしても、母の待つ部屋に帰れば「セックスなんて知りません」という顔をして来た。母が勘付いていたかどうかはわからない。それでも、そう振る舞うことが娘の義務のように感じていた。でも今は、何もかもが見透かされている気がする。母公認の、母が見込んだ、母のお気に入りの田畑とのセックス。いつも、どこからか母に見られているような気がする。

今日は、午後から打ち合わせがあった。相手は、もう三年近くも亜沙子にキャラクター制作を任せてくれている大切な取引先である。

仕事を終えて、丸の内にあるオフィスを出た時には、すでに七時を過ぎていた。

すっかり疲れ果て、駅に向かっている途中、どこかでひと息つきたくなった。近くに感じのいいカフェを見つけ、中に入ってコーヒーを注文した。

今日、相手から出された要望はなかなか難題だった。今あるキャラクターに、もうひとつ別のキャラクターを絡められないか、というものである。本音を言えば「それでは前のキャラクターが台無しになる」だが、無下《むげ》には断れない。それがクライアントというものだ。

店内はさほど混んではいなかった。仕事帰りのOL、待ち合わせらしきカップル、斜め向かいの席にはパソコンを覗き込んでいるサラリーマン。ガラス窓の向こうを、人々が足早に通り過ぎてゆく。

コーヒーを半分ほど飲んだ時、斜め向かいのサラリーマンがパソコンを閉じた。その拍子に目が合って「あっ」と、互いに声を上げた。

「この間の」

「どうも」

亜沙子は返した。

先日、合コンで出会った芦田だった。

「仕事場、この辺りなの？」

「ううん、今日は打ち合わせ。芦田さんは？」

「俺は近くなんだけど」と言ってから「ちょっと、そっちに移ってもいい？」と、尋ねた。

「ええ、どうぞ」

芦田がパソコンとカップを手に移動して来た。印象が少し違って見えるのは場所のせいだろうか。照明のせいだろうか。

「この間の話なんだけど」

「何だったっけ？」

「ほら、結納の件」

「ああ」

「やっぱり押し切られちゃって、彼女の実家まで行くことになった」

「そうなの」

亜沙子はコーヒーを一口飲んだ。

「もしかしたら、譲歩してくれるかもって期待したんだけど」

「きっと、そこだけは譲れなかったんじゃないかな。誰でも、ひとつぐらいはどうしても自分の意思を押し通したいことってあるもの。その分、他のところでは芦田さんの意見を優先してくれるんじゃないかしら？」

亜沙子は慎重に言葉を選んだ。芦田の花嫁を批判するつもりはない。

「だといいんだけどね。何しろ彼女、ものすごいお嬢さまだから、ちょっと我儘なところがあるんだ」

困ったような顔をしながらも、芦田は目を細めている。トラブルがあっても、結局のところ、そのお嬢さまで我儘なところに惹かれているのだろう。

「まあ、結婚となると、今まで見えなかったところも見えて来るだろうけどさ。俺も、彼女の性格はよくわかってるつもりだったんだけど、最近、あれ、なんて思うこともあるんだ。思いがけないところで意固地になったりしてさ。服部さんはどう?」

「そりゃあ」と、言ってから、亜沙子は先日、披露宴会場について田畑と話し合った時のことを思い出していた。

「彼、いつもどっちでもいいってスタンスなの。何を聞いても、任せるよ、とか、よくわからない、とか、そういう返事ばかり。だから何にも決まらない。こういうのを優柔不断っていうんじゃないかなって、ちょっと腹が立ったりしてね」

芦田が首をすくめた。

「まあ、確かに男ってそういうところがあるよな。優柔不断というより、早い話が面倒くさがりなんだ。それに、結婚式って基本、女性が主役だろう。男がどこまで意見を押し通していいのかわからないっていうのもある」

「そんなもの?」

「そんなものさ。相手の人とは付き合って長いの?」

亜沙子は短い間を置いた。

「まだ、そんなにたってないの。私たち、お見合いみたいなものだから」

「へえ」

何となく気まずく思った。見合いだなんて、言わない方がよかったかもしれない。

「まあ、出会いはどうであれ、互いに結婚する気になったたってことは、相性がよかったってことだよね」

芦田はうまく話をまとめた。

「それってさ、もしかしたらウェディングブルーってやつかもね」

「え？」

「俺もそうだからよくわかる。ものすごく幸せなのに、何となくブルーって感じもしてるからさ」

おどけた口調の中に、亜沙子を思いやるニュアンスが感じられた。どことなくほっとして、亜沙子は笑った。別に自分だけじゃない。きっと結婚前はみんな同じようなものなのだろう。

それからしばらく他愛ない話をした。こんなふうに、気楽に男と話をするなんて久しぶりだった。これも互いに結婚相手がいるからに違いない。相手に何も期待しなくていい。何も望まなくていい。それが、こんなにも気持ちを解放できるなんて新たな発見だった。

7 千遥

結納を実家で行いたい、という千遥の願いを功太郎は聞き入れてくれた。

果樹園の仕事や介護がある功太郎の両親には申し訳なく思ったが、何より母がそれを望んだのだから仕方ない。

「結婚式は東京でもいいから、せめて結納ぐらいはこっちでしてちょうだい。かあさん、あんたのお相手があんなりっぱな人だってこと、近所や親戚の人に自慢したいのよ。ね、いいでしょう、お願い」

電話口で、母はおもねるように言った。母からそんなふうに頼まれごとをされるのは初めてだった。断れるはずがなかった。功太郎の家の都合よりも、母の期待に添い、母の願いを聞き入れられる自分になったことが、千遥は嬉しかった。

結納前に二日間の休暇を取ったのも、母が電話で「嫁入り支度も少しは必要でしょ」と、言ったからだ。「せっかくだから、一緒にデパートでも見て回りましょうよ」

功太郎との結婚が決まってから、母は変わった。その変わりようは、千遥も面食らうほどだ。今まで何を言っても何をしても、返って来るのは否定か嘲りだったが、今では媚《こび》のような気配さえ感じられる。

そんな母と接するたび、私をあれほどないがしろにして来たくせに、と、鼻白む感覚が広がった。だからといって嫌だというわけではない。自分が認められているという深い満足感が千遥を包んでいた。

帰省した日、いつものように二階の自分の部屋に行こうとすると、母が呼び止めた。

「あら、客間を使いなさいよ」

階段の途中で千遥は母を振り返った。

「あんたの部屋、物置になってるでしょ。あんなところじゃゆっくり休めないじゃない。布団も干しておいたから」

千遥は改めて母を眺めた。

「今夜は、あんたの好きな小芋の田楽を作ったから」

小芋の田楽なんて、ちっとも好きじゃない。母が、どういう勘違いでそう思い込んだのかはわからないが、それでも、自分のために気を遣ってくれているということだけは伝わって来た。

千遥は客間に行き、荷物を置いて、縁側の向こうの庭に目をやった。客間から土蔵は見えない。それがとても不思議だった。暗くて湿っぽくて黴臭い土蔵は、千遥にとってこの家そのものだった。

ミハル、と、千遥は呼び掛けた。

「ここで寝るのって初めてだね。何か、変な感じ」

〈ほんとだね〉

「却って落ち着かないな」

〈思いっきり大きい顔をしておけばいいのよ。もうかあさんは千遥の言いなりなんだから〉

「ふふ、そうよね」

夕食は家族揃って賑やかに始まった。食卓には刺身や天ぷらや煮物が並び、大鉢には小芋の田楽がたっぷりと盛られていた。

「こうして四人でご飯を食べるのって、ずいぶん久しぶりね」と、母が上機嫌で言う。

「ほら、あんたは昔からいつも先にひとりで食べちゃって、さっさと自分の部屋にこもってたでしょう」

「そうだった？」

「そうよ。どれだけ呼んでも下りて来ないの。まあ、あんたは小さい頃から気難しいところがあって、思春期の頃なんて、口さえきかなかったんだから。どう扱っていいのか、かあさん、頭を抱えたものよ」

千遥は母の顔を見直した。本気で言っているのだろうか。食事時、母は弟ばかりを気遣い、千遥には箸の持ち方が悪い、味噌汁の啜り方が品がないと、小言しか言わなかった。それがいたたまれなくて、ひとりで食べるしかなかったのだ。声を掛けてもらった記憶もない。いつも自室で、階下から聞こえる三人の笑い声に耳を澄ませていた。

「東京に行ってからは、呼ばない限り帰省しないし、電話してもいつもぶっきらぼうな物言いしかしないし、甘えるようなこともなくて、せっかくの女の子なのに、張り合いがないったらありゃしなかった」

違う、違う、ぜんぜん違う。千遥は胸の中で否定する。母の記憶はいったいどうなっているのだろう。千遥を拒否し、突き放していたのは母ではないか。

「まあ、千遥は確かに小さい時から強情なところがあったからなぁ」

父が自分のグラスにビールを注ぎ足した。

「どんなに叱っても泣かなかったろう。かあさんに土蔵に閉じ込められた時も、いつもけろっとしてたもんな」

父もいったい何を言っているのだろう。あれだけ泣いて謝ったのを知らないとでもいうのだろうか。泣かなくなったのは、母の「泣けば許されると思うな」の言葉に震え上がったからだ。あの土蔵に入れられるのがどれだけ怖かったか。それでも母は容赦なかった。一晩中でも閉じ込めた。

弟の宏和が後を引き継いだ。

「とうさんもかあさんも、ねえちゃんには甘かったよな。俺なんか、ねえちゃんの十倍は土蔵に放り込まれた」

千遥は宏和に目をやった。私が甘やかされた？　冗談じゃない。宏和が土蔵に入れられたことはあっても、母はすぐに出してやっていた。私の十倍なんて、何を勘違いしているのだ。私の方が百倍は入れられた。

「それに、俺もねえちゃんみたいに東京の大学に行きたかったのに、結局、地元で進学させられたしさ」

記憶とはこうも曲げられてしまうものなのか。千遥は当惑するばかりだ。宏和が長男としてどれだけ溺愛されていたか。部屋は日当たりのいい二階の二間を与えられ、ゲームやらおもちゃやらで埋まっていた。ギターでもステレオでも、欲しいものはすぐに買い与えられ、食卓には、千遥にはないおかずが必ず一品付けられていた。

「そんなことないよ」と、千遥はようやく口を開いた。

「ずっと思ってた、私なんかこの家にいない方がいいんじゃないかって」

母から浴びせられたさまざまな言葉が胸を過ってゆく。罵倒があった。蔑みがあった。愚図、のろま、役立たず。あんたなんか生まれて来なきゃよかったのに。

「馬鹿ね、そんなはずないでしょ」

母が快活に笑い声を上げている。

「双子の美遥《みはる》が生まれることができなかったのも、私のせいだし」

「ああ、美遥ね。あの子のことは残念だったけど、それがあの子の運命だったのよ。あんたのせいなんて、あるはずがないじゃないの」

「だって……」

母は言ったではないか。

何て恐ろしい子なんだ。美遥だっておまえのせいで死んだんだ。おまえが殺したんだ。

「まあ、そういうところがあんたらしいっていうか、物事を悪い方にばかり考えるっていうか。そういうの、何て言うんだっけ」

ネガティブ思考、と、宏和が笑いながら言った。

「そうそう、それよ」

「誰に似たんだろうな」と、父は再びビールを口にした。

「私じゃありませんよ」

母は、その時だけはきっぱりと否定した。

「きっと、ばあちゃんだよ。ばあちゃん、結構エキセントリックなところがあったからな。ほら、最後なんかすっかりボケて、泥棒が財布を狙ってるとか、みんなが自分の悪口を言いふらしてるとか、被害妄想のかたまりみたいになってただろ。絶対にねえちゃんは隔世遺伝でばあちゃん似」

宏和がノリよく答え、最後は母と父と弟の笑いで締めくくられた。

三人とも屈託がない。その様子に、千遥は更に混乱する。

みんな、何を勘違いしているのだろう。どうしてそんな作り話ができるのだろう。母も父も弟も、私がどんな仕打ちを受け、どんなに傷つき、萎縮と緊張の中で暮らしていたか、気づいていなかったというのか。それをみんな被害妄想で片付けてしまおうというのか。

だからといって、千遥は何も言い返すことができずにいた。もし今ここで、千遥が反発したら、せっかくの団欒が台無しになってしまうだろう。もし、三人が態度を豹変《ひょうへん》させ、昔のように激しく罵倒し始めたら――。自分にそれを迎え撃つだけの強さがないことを知っていた。今までそうだったように、きっとへなへなと崩れ落ち、身を縮こまらせてしまう。その想像もまた、千遥を怯えさせるのだった。

翌日、母とふたりでデパートに行った。

「住むところはどうするの？」

「功太郎の会社が社宅を用意してくれるって」

「さすが、大きな会社は違うわねぇ」

千遥は仲林のことを思った。そろそろ伝えなければならないことはわかっている。それでも、まだ具体的に社宅が決まったわけではなく、切り出すふんぎりがつかずにいた。

それから母とふたりで、キッチン用品やリネン類などを選んだ。これいいんじゃない、これにしなさいよ、と、母は浮かれたように手にしている。お金は母が出し、宅配で送ってくれるという。

地下に下りて、惣菜売り場を回っていると、エプロン姿の店員がこちらに駆け寄って来た。

「ああ、やっぱり千遥だ。そうじゃないかって見てたの。久しぶり」

「さっちん」

中学時代の友人、幸恵だった。

「この間、駅で佳澄と会ったんだってね。聞いたよ」

「うん、そうなんだ」

「帰省するなら、連絡してくれればよかったのに。みんなで噂してたんだ、会いたいねって」

「ごめん、急に帰って来たものだからバタバタしちゃって。今度はそうする」

それから、幸恵は母に向かってぺこりと頭を下げた。

「おばさん、お久しぶりです」

「ほんと。すっかり大人になって、見違えちゃったわ」

母も愛想よく答えている。

「今度はきっと連絡してね。待ってるから。じゃ、おばさん、失礼します」

幸恵は快活に言って、売り場へと戻って行った。

「あの子、誰だっけ？」

「中学の時に一緒だったさっちん」

「うちに来たことある？」

「一度か二度くらいは」

家に友人を呼ぶことはめったになかった。母がそれを嫌がったし、千遥も罵倒される自分の姿を見られたくなかった。

「下品ね」と、母は眉を顰めた。

「髪の毛をあんなに茶色く染めて、化粧も濃くて、ヤンキーみたい。あんた、まだあんな子と付き合ってるの？」

「そういうわけじゃないけど」

「惣菜売り場でパートをしているような子よ、お里が知れるわ。うちとは格が違うんだから」

母は言い捨てて、エスカレーターへと歩いて行った。

結納前日には業者がやって来て、美しい水引で包まれた品々が座敷に並べられた。

母は何度も座敷に行き、満足そうに眺めていた。

当日は、朝からふたりで美容院に行き、髪をセットし、着物を着付けてもらった。千遥が着た訪問着は、母のお古である。

「あんたが成人式には出ないって言うから、振袖を作らなかったのよ」

母は淡い紫の色無地を着ている。

「もう振袖なんか着る年じゃないから」

「そうだけど」

成人式に出なかったのは、できるだけ実家に寄り付きたくなかったからだ。けれど、振袖の話は違う。あの時、母はこう言ったはずだ。

「よかったわ、無駄なお金を遣わずに済んで」

記憶というのは何と曖昧なものなのだろう。千遥はあれからずっと考えている。母だけではない。父や宏和もそうだ。それはみんな自分に都合のよい方に作り替えられている。そして、千遥の記憶を妄想のように思っている。その理不尽さに腹を立てながらも、やはり「それは違う」と、面と向かって打ち消す勇気はない。

昼近くになって、功太郎が両親と共にやって来た。父と母は、終始、愛想を振り撒いていた。結納金は百万。婚約指輪は功太郎と一緒に選んだ0・5カラットのダイヤモンド。結納金は功太郎の両親が立て替えてくれ、指輪は功太郎がローンを組んで買ったものだ。

仲人をたてない結納は、比較的短時間で済まされた。その後、父の希望もあって、この町でいちばん有名な駅前のホテルで、親戚を集めた食事会が開かれることになっていた。

行ってみて千遥も驚いたのだが、円形テーブルが六つも並ぶ、まるで披露宴のような会場だった。結婚式に東京まで行けない親戚もいるから、というのが父の言い分である。父は相変わらずだった。派手なことが好きな上に、こういう場で中心になりたがる性格だ。ましてや、功太郎の経歴が自慢でならず、「我が家にこんなりっぱな婿が来た」と、まるで婿養子を迎えるかのように、意気揚々と紹介した。

いつもは末席に座る千遥だが、今日は主役である。功太郎とふたり、父の横に並ばされた。父の隣には母がいて、功太郎の横には両親が座っている。母は満面の笑みで親戚らと話をしている。食事会の件はいちおう伝えておいたのだが、功太郎の両親もまさかこんなに大々的になるとは思っていなかったらしく、少々戸惑っている。

乾杯が済み、宴も中盤に入ると、上機嫌に酔っぱらった父は、功太郎を引き連れて親戚のテーブルを回り始めた。

千遥の前に、親戚のおばさんがやって来た。

「おめでとう、千遥ちゃん。ほんとにりっぱなお相手ね。さすがだわ」

「ありがとうございます」

千遥は折り目正しく礼を述べた。

「式は東京だって聞いたけど、場所はもう決まったの？」

その問いに答えたのは母である。

「それが、まだ決まっていないの。なるべく早くとは思ってるんだけど、功太郎さんのお仕事がとても大変らしくて、これから決めるのよ」

「楽しみだわねぇ」

「なるべく早いに越したことはないんだけど、どこでもいいってわけにもいかないでしょう。どうなることやら気を揉んでるんだけど。まあ、いざとなれば、こっちで挙げてもいいと思ってるの。このホテルなら、おとうさんがいくらでも都合をつけられるから」

話は功太郎の両親にも聞こえていて、さすがにふたりは困惑気味のようだった。結納は無理を言ってここまで出向いてもらったのだから、式は功太郎と家族の都合を優先するべきなのに、母はまったく気が回らない。

千遥は話に割って入った。

「式場は東京で探すから」

「本当に何とかなるの？　この子ったら昔からのんびり屋で困ったものよ。不出来な娘ですけど、どうぞ、よろしくお願いします」

母が功太郎の両親に向かって頭を下げた。母は、娘を案じる母という役割に満足そうだった。

「千遥、ちょっと」

父に呼ばれ、千遥は席を立ってふたりへと近づいた。

「今、功太郎くんと新居の話をしていたんだが」

「それは社宅があるから大丈夫」

千遥が答えた後、功太郎が続けた。

「それなんだけど、実はこっちに来る前、総務に呼ばれたんだ。今、社宅がいっぱいで、空くのは半年ぐらい先になりそうだって」

「え……」

「それを今、おとうさんに話していたところなんだ。でさ、その間は自分で何とかしなくちゃならないんだけど、でも、それぐらいの期間なら、今から借りてもすぐ解約ってことになるだろう。そしたらまた引っ越しとか手続きとか大変だし、それに、もしかしたら海外転勤になる可能性もあるかもしれないし」

言ってから、功太郎は改めて父に向き直った。

「それで、大変厚かましいお願いなんですが、もし、お許しをいただけるなら、社宅に空きが出るまで、千遥さんのマンションに住まわせてもらうわけにはいかないでしょうか」

父が瞬きしている。

「実は僕、今は友人のアパートに居候しているんです。就職してからは家賃の半分は出しているんですけど、さすがにこれ以上迷惑をかけるわけにはいかないので、近いうちに出なくちゃと思ってるんです。もちろん、会社から補助がありますし、マンションの家賃もきちんと支払わせていただきます。結婚前なのに、申し訳ないと思っているんですが、何とかお願いできないでしょうか」

「まあ、こういう時代だからな。結婚前とはいえ、結納も済ませたことだし、一緒に住むのも仕方ないだろう。私は別に構わないよ」

父は快く頷いた。

「本当ですか。ああ、よかった。ありがとうございます。助かります」

「私に礼なんか言うことはないさ」

「でも、おとうさんが借りてくれているマンションですから」

心臓がどくんと音を立てた。

「何の話だ？　確か、友達のマンションを安く借りているって話じゃなかったか。千遥、前にそう言ってたな」

父の言葉に、功太郎が怪訝な目を向けた。

「そうだっけ？　僕はてっきりおとうさんが借りてくれているものとばかり――」

ふたりの問い掛けに、千遥は自分を落ち着かせながら答えた。

「それについては功太郎と相談するから」

父から引き離すように、千遥は功太郎を会場の隅に連れて行った。

「ごめん、説明不足だったかもしれない。父と言ったのは、私の父じゃなくて、友達のおとうさん。本当はその友達が暮らす予定だったんだけど、結婚して大阪に引っ越したから、急遽《きゅうきょ》、私が入ることになったの。私にとって、東京のおとうさんみたいな人で、いろいろよくしてもらってるの」

千遥は思いつく嘘を並べ立てた。

「じゃ、家賃は？　あの部屋なら相当するだろう」

「大したことない」

「いくらさ?」

「……十万くらい」

「そんな金額で貸してくれているのか。あの部屋なら倍はするだろうに」

「とてもお金持ちの友達だし、私を信用してくれてるから」

「ふうん」

功太郎が首を傾《かし》げている。出会った頃の会話を思い返しているのだろう。父が借りてくれている、という自分の言葉を、千遥ははっきりと覚えている。でも、ふたりとも酔っていた。聞き違い、言い間違いで通るはずだ。

「その話は帰ってから改めてしようよ」と、千遥は話を変えた。

「それより、ワインを飲まない?　結構いいのが揃ってるみたい」

「ああ」

「じゃあ、席に戻ってて。取って来るから」

千遥はカウンターに向かった。心臓の鼓動はまだ速い。まさか社宅が利用できなくなるなんて思ってもいなかった。その上、功太郎がマンションに引っ越して来たいと言い出したのも驚きだった。だからといって、あのマンションで暮らせるわけがない。

千遥の心を映し出すように、手にした白ワインのグラスがダウンライトの明かりに不安げに揺れている。

どう言えば功太郎をうまく納得させられるだろう。

結納の浮かれた気分はすでに消え失せていた。

8　亜沙子

《まだまだ寒い日が続いていますが、風の中に春の気配を感じるようになりました。先日のランチは、三軒茶屋のイタリアンレストランに行って来ました。春野菜のバーニャカウダです。ソースはアンチョビ、ニンニク、オリーブオイル。香りが食欲をそそります。本来は冬のお料理とのことですが、あまり季節は関係ないようにも思えます。おいしければ、それがいちばん。

野菜は菜の花やカリフラワー、独活《うど》や春菊、筍《たけのこ》もあって、まさに、イタリアと日本のコラボレーション。

今年、我が家は大きな変化が起こりそうです。

まるで自分のことのように、わくわくしています。》

二月に入っても、新居となるマンション探しはなかなかうまくいかずにいた。

ふたりで暮らすのだから、１ＬＤＫか２ＤＫで十分なのだが、実家に近い物件となると結構な家賃である。家賃のない暮らしをしていたせいもあるが、これだけの金額が毎月消えてなくなるのかと思うと、もったいない気持ちが先に立った。母と離れても、もう少し安い物件の方がいいのではないかと考えてしまう。

週末、いつものように三人でランチをしている時、その話をすると、「それなんだけど」と、母が言い出した。

「私も、前々から考えていたの。家賃なんてどれだけ払っても自分たちのものになるわけじゃないし、捨てるも同然でしょう。だったら、将来も見据えて違う方法を考えてもいいんじゃないかって」

今日の店は三鷹にある和食屋だ。母が探した店である。魚が新鮮で、これでひとり千六百円ならお得だと思う。

「違う方法って？」

「うちのマンションを売れば、それなりにまとまった金額になると思うのよ。それを頭金にして、思い切って、郊外に一軒家を買うっていうのはどうかしら。それなら子供ができても、私が面倒をみてあげられるし、ふたりが働くのなら、ローンもそんなに負担にならなくて済むでしょう」

母の言葉には現実味があった。いずれは同居になるのだから、先延ばしする必要もないのではないか、と亜沙子も思う。

「田畑さんはどう？」

母が尋ねた。

「おかあさんがいいなら、僕もそれで構いません」

その言葉に引っ掛かった。おかあさんが？

「そう言ってもらえると安心だわ。亜沙ちゃんはどう？」

妻が、ではないのか。

亜沙子は我に返った。確かに、よい方法かもしれない。経済面では無駄な出費が避けられるし、生活面でも頼れるだろう。ただ、そうなれば母とは一生、一度も離れることなく生きてゆくことになる。それにどこか抵抗があった。自分の暮らしというものを体験してみたい。母の勧めた人と結婚し、母の提案通りに一緒に住み、子供も母が育てる。まるで、自分の存在が母の一部になったような気がする。亜沙子が黙っていると、母は味噌汁を啜り「まあ、これからゆっくり考えましょう」と、話を打ち切った。

ランチを終えて、母と駅で別れて田畑とふたり、見学を予定していた品川の結婚式場に向かった。これで六軒目だ。ここはそれなりに名の知れたホテルで、予算ともまあまあ見合うし、結納もセットになっている。交通アクセスがあまりよくないのと、会場となる部屋が凡庸なのが難点だが、料理は凝っている。盛大な披露宴など望むつもりはない。身内も少ないし、小さくても温かな式になればいいと思っている。

ロビーに入ったところで、亜沙子はふと足を止めた。思いがけない人物が目に飛び込んで来たからだ。功太郎である。一緒にいる女性は婚約者だろう。やはり候補となる式場は同じようなところになるようだ。功太郎も亜沙子に気づき、互いに軽く挨拶を交わした。功太郎の婚約者は想像以上に美人だった。なるほど、あれほどの容姿なら功太郎が彼女の意思を優先するのも当然だろう。

その日は式場の係員に一通りの説明を受け、田畑のアパートに帰って来た。パンフレットを開いて、改めてふたりで検討した。

「前の五軒と比べてどう思った？」

「そうだなぁ」

「やっぱりお料理は大切だと思うのね。決まりきったフルコースなんていつでも食べられるわけだし、どうせなら、そこにこだわりたい」

「うん、そうか、だったらそこでいいんじゃないか」

あっさり受け入れられて、亜沙子は小さく息をついた。田畑はたぶん、どうせどの会場も大して変わりはないと思っているのだろう。けれども一生に一度のことである。大して変わりがないからこそ、細かいところを慎重に選びたい。

「じゃあ、ここは候補に残すとして、あと、レストランウェディングと記念会館もリストアップしているの。それも見て欲しいんだけど、パソコン、借りていい？」

いいよ、と田畑は隣の部屋からノート型パソコンを持って来た。亜沙子はインターネットでページを開いてゆく。

「こっちが麻布のレストランウェディング。ここもお料理は期待できると思うのよ」

「ふうん」

「場所もお洒落だし、地下鉄の駅も近くて便利だし、悪くないと思うんだ」

また、ページを開く。

「で、こっちが記念会館ね。お庭が広くて、天気がよければガーデンパーティもできるんだって」

「ふうん」

「どう？」

「どうって言われてもなぁ」

「とりあえず、見学に行ってみない？」

「そうだなあ」と、少し考えてから、田畑は「君に任せるよ」と答えた。

「僕はどっちでもいいから」

その言葉は、自分でも驚くほど亜沙子を刺激した。いつだって、何をしたって、田畑はこの言葉で何もかもをスルーしてしまう。

「どっちでもいいって、どういうこと？」

声に険が含まれていたのだろう。田畑はぎょっとしたように亜沙子を見つめ返した。

「私は、あなたの意見を聞いているんだけど」

「意見って言われても……」

「どうせ、この二軒を見学しても、あなたはどっちでもいいって言うんでしょう？」

田畑は黙って目を伏せた。明らかに困惑していた。

「ふたりの結婚なのに、どうして協力してくれないの？　私ばかりが必死になって、馬鹿みたい」

しばらく間があって、田畑が言った。

「僕、争い事は嫌いなんだ」

「争い事？　これって争いなの？　私は、お互いに思っていることをちゃんと口にしたいだけ。胸の中にため込んだら、後できっと不満が出るもの。意見の食い違いがあったっていいじゃない。違って当たり前なんだから。大切なのは、お互いがどう歩み寄るかってことでしょう？」

田畑はしばらく黙ったままだった。どんな返事があるのか、亜沙子は待った。田畑がようやく口を開いた。

「僕、ちょっと駅前の本屋に行って来る」

予想外の言葉に、亜沙子は目をしばたたいた。

「仕事で使う資料があるんだ」

田畑はばたばたとアパートを出て行った。ドアが閉まって、亜沙子は唖然とした。田畑が逃げたのは一目瞭然だった。そこまで向き合おうとしないなんて、と、身体から力が抜けていった。

こんな人と結婚して大丈夫だろうか。これからも何か問題が起こるたび、こうして逃げ出してしまうのだろうか。そういう男だとしたら、あまりに情けない。

その時ふと、芦田の言葉が思い出された。

「結婚式って基本、女性が主役だろう。男がどこまで意見を押し通していいのかわからないっていうのもある」

そんなことを言っていた。この人もそうなのだろうか。自分で決めることができないのではなく、私の気持ちを優先させてくれようとしているだけなのだろうか。

世の中には、強引に我を通す夫や、力にものを言わせて服従させる夫もいる。優柔不断なところはあっても、田畑は根の優しい人だ。短い付き合いではあるが、それはよくわかっている。だとしたら、追いつめるようなやり方をした自分も悪かったのではないか。

そこに思い至って、ようやく気持ちも落ち着いた。しかし、待っても田畑は帰って来ない。仕方なく、亜沙子は気の向くままパソコンで式場を検索した。気になるところをクリックし、広げては閉じ、ページを後戻りしたり進めたりしながら探してゆく。そうやってキーボードを打っていると、不意に、画面に少女が現れた。

「えっ……」

目の前に映し出されるその姿に、亜沙子は息を呑んだ。

少女は十歳くらいで、その上、裸だった。クリックすると、今度は小学校低学年から中学生くらいの少女たちが現れた。胸を隠したり、白いショーツを穿《は》いていたりもするが、ほとんどは全裸だ。

「何なの、これ……」

クリックする指が強張ってゆく。

9　千遥

結納を終え、東京に戻ると、急に慌ただしくなった。

マンションの件は、まだ話がついたわけではないが、何はともあれ、今は式場探しの方を優先させている。功太郎も仕事が忙しい中、付き合ってくれているのだが、なかなか決心がつかないでいた。

「どんな式場になるのか、かあさん、楽しみにしてるわ」

母に言われた言葉がずっと頭に残っていた。どうしたって、母が満足する結婚式にしなければならない。それが千遥を惑わせていた。

式場だけではない。料理や引き出物を考えるにしても迷うばかりだ。「ちゃちなコースね」「センスがないわね」そんな母の言葉が頭の中をぐるぐる回って、どれを選べばいいのかわからなくなる。

ウエディングドレスも同様だ。ベアトップにすれば「肩剝き出しなんて商売女みたい」、シンプルなデザインにすれば「ババ臭いわね」、シフォンの華やかなドレスにすれば「七五三じゃないのよ」、ティアラをかぶれば「どこの王女さまのつもり」、そんなふうに言われるような気がする。そのうちだんだんわからなくなって来る。自分はどんなデザインが好きで、どういうドレスを着たいのだろう。いつだって背後に母の視線を感じ、やがて疲れ果ててしまうのだ。

母に勝ったはずではなかったのか。母の呪縛から解き放たれたのではなかったのか。もう母を脅威に感じる必要はないのだからと、千遥は自分に言い聞かす。それなのに、その存在は今もまだ背中にぴたりと張り付いている。


ロビーまで戻って来たところで、功太郎が足を止めた。

自動ドアから入って来たカップルに目を向けている。相手の女性も気づいたらしい。小さく頭を下げた。功太郎がそれに返している。女性が千遥に笑みを向けた。千遥も同じようにほほ笑んだ。相手の男は何も気づいていないようだ。

美人というわけではないし、男の方もごく普通のサラリーマンという印象だ。

カップルがロビーを横切って行くのを見届けてから「知ってる人？」と尋ねた。

「うん」

「会社の人？」

「まあ、そんな感じ。あっちも結婚が決まってて、式場を探してるらしい。回ってるのはやっぱり同じようなところになるんだな」

品川にあるホテルである。予算的にも希望通りだし、料理はなかなか凝っていて、引き出物のカタログもホテルオリジナルで洒落たものが揃っていた。あのカップルもここで式を挙げるつもりだろうか。だとしたら、ちょっと不満に思う。

その帰り、ふたりでスターバックスに入った。

「いいんじゃないか、あのホテル」

「そうだけど」

「どこが気に食わないのさ」

確かに悪くはないのだが、千遥はやはり考えてしまう。母は何と言うだろう。ロビーはさほど広くなかった。ホールに飾ってある花が造花なのも気になった。ホテルマンの制服もイマイチだった。

「やっぱり、もう少し別のところも見てからにする」

「いったい何軒回るつもりだよ。どれも大した違いはないって」

さすがに、功太郎はうんざりしたように言った。

「まだ他にも気になる会場があるの。一生に一度の結婚式だもの、慎重に選びたいのよ」

「だからって、都内のホテルを全部見て回るわけにはいかないだろ。ある程度のところで妥協しなくちゃ」

「わかってる」

「こんなことで、時間を潰すなんて無駄だよ」

千遥は紙コップを手にしたまま、黙った。

「俺だって仕事があるんだから、そうそう付き合ってはいられないよ。大切なのは式場をどこにするかじゃなくて、どんな式にするかだろう。今の俺たちに見合った式にすればいいんだからさ」

「そう言うけど」

「変な見栄なんか張る必要はないって」

不意に、怒りにも似た衝動が身体を貫いた。

「功太郎は何にもわかってないのよ」

功太郎が千遥を見返した。

「失敗は許されないの。変な式場なんて選んだら、母に何て言われるかわからない。絶対に、母を満足させなきゃいけないの」

「おかあさんって――、結婚するのは俺と千遥だろう」

「功太郎のところみたいに、優しい両親に育てられた人にはわからないのよ。私は子供の頃からずっと母親に邪険にされて来たの。邪険なんてものじゃない、あれは虐待よ。そうとしか言えないほど、ひどいものだった。その母親が、功太郎と結婚することで、ようやく私を認めたの。それなのに、式場選びで失敗したら、母はきっとまた私を蔑むわ。やっぱり駄目な娘だって、馬鹿にするに決まってる。そんなことは、何があっても嫌」

功太郎は瞬きを繰り返しながら、しばらく千遥を見つめていたが、やがて小さく息を吐き出した。

「まあ、そこまで言うなら、千遥の気の済むようにすればいいけどさ」

しかし、新居についてはこう言った。

「いろいろ考えたけど、やっぱりしばらく千遥のマンションに住まわせてもらうのがいちばんだと思う。だから、その友達のおとうさんって人に頼んでみてくれよな」

千遥は狼狽を見せないよう、言葉を選んだ。

「でも、もともとひとり暮らしってことが条件で貸してもらっているから、ふたりで暮らすようになるなら、出て行って欲しいって言われるに決まってる。だから、どこか適当な部屋を探そうよ」

「まあ、それもわかるけど、駄目元でとりあえず頼んでみるだけ頼んでみてよ。どうしても無理なら探せばいいんだから。千遥のマンション、交通の便もいいし、ロケーションも最高だし、気に入ってるんだ。家賃も相場で払うってことで、とにかく一度、連絡を入れてみてくれよ」

わかっている。功太郎に他意はない。ただ単純に社宅の都合がつくまでマンションに住めたら、と考えているだけなのだ。


仲林と会うのは久しぶりだった。

紀尾井町にある和食レストランで顔を合わせた。目の前には美しく飾られた八寸や繊細な白身魚の造りが並べられている。しかし、千遥に味を楽しむ余裕はなく、しばらく他愛ない世間話を交わした。ようやく切り出したのは、食事も中盤に差し掛かった頃だった。

「あのね、あなたに話さなきゃいけないことがあるの」

仲林が冷酒を持つ手を止めた。

「何だ、改まって」

「あのね、実はね……、私、結婚しようと思ってるの」

さすがに仲林は驚いたようだった。

「えっ、そうなのか」

千遥は小さく頷く。

「そんな素振り、ぜんぜん見せなかったじゃないか。いつの間にそういうことになったんだ」

「ばたばたと話が決まって……。ごめんなさい、もっと早く報告しなきゃいけなかったのに、なかなか言い出せなくて」

「まあ、千遥にしたら言いにくい話には違いないな。それで、相手とはいつから付き合ってたんだ」

仲林の口調に不機嫌さが滲んだようで、千遥は注意深く言葉を口にした。

「付き合ってたとかそういうんじゃなくて、両親がいつまでも独身の私を心配して、どうしてもって言って来たの。あのね、私もすごく迷ったのよ。でも、最近あなたと会う回数も減ったし、もしかしたら私、あなたの重荷になっているんじゃないかって気がしてたの。ほら、前に、あなたから結婚しないのかって聞かれたことがあったでしょう。あの時から、いつまでもあなたに甘えっぱなしじゃいられないんだなって、思うようになって……。そんな時、実家から縁談が来て、そんなつもりはなかったんだけど、あんまり勧められるものだから、つい押し切られたっていうか……」

仕方なく、という体裁を装う。仲林の援助を受けながら、他の男と付き合っていたとは口が裂けても言えない。

「まあ、親御さんにしたらそうだろうな」

その口調は納得のニュアンスに変わっていて、ほっとした。仲林と父はほとんど同年齢だ。父親の思いを感じ取ったのかもしれない。

「それで、相手はどんな男なんだ？」

「普通のサラリーマン」

「業種は？」

「金融関係」

「安定した会社か？」

「まあ」

「そうか、結婚するのか……」

仲林はしみじみと千遥を眺め、それから黙り込んだ。長い沈黙だった。何を考えているのだろう。顔には出さないが、いい気分であるはずがない。

新しい客が入って来た。派手な女を連れた男客だ。キャバクラかクラブの同伴出勤だろう。

「実は、食道がんが見つかってね」

思いがけない言葉に、千遥は一瞬、何を言われたのかわからなかった。

「えっ」

「半年前だ」

「そんな……嘘でしょう?」

「私もそれを願ったよ」

「だって、すごく元気そうじゃない」

しかし、仲林とはもうずっとセックスしていない。

「ステージⅡだそうだ」

それが、どの程度の進行なのかは、千遥にはわからない。

「どうしてすぐに言ってくれなかったの?」

「家族にしか知らせてない。本当は、千遥にも言うつもりはなかったんだ」

「どうして」

「言われても困るだろう」

確かにそうかもしれない。

「でも、治るんでしょう?」

「今は放射線化学療法で様子を見ている段階だが、いずれ手術することになるだろう」

千遥はぼんやり仲林の顔を見つめた。

「そんな顔をしないでくれ」と、仲林がかすかに笑い、目尻に皺《しわ》を寄せた。

「末期じゃないんだから、すぐ死ぬってわけじゃない。ただ、私も次の生き方を考えなければならない時期が来たってことだ。千遥のこともいろいろ考えたよ。別れるしかないとわかっていたが、なかなか決心がつかなくて、ついずるずると引き延ばしていた。だから今、千遥から結婚話を聞かされて、半分は寂しいが、半分はほっとしているところもあるんだ」

千遥は膝に目を落とした。愛とか恋とかで始まったわけではないが、それなりの情はある。

「いいタイミングだったってことだよ」

奥の席から、甲高い笑い声が上がった。目をやるとさっきの派手な女だった。

「それじゃあ、とにかく祝杯をあげよう。確か、シャンパンがあったはずだ」

「お酒、飲んでもいいの？」

「節度は保ってるさ。楽しみがなければ、生きている甲斐もないからね」

仲林がフロア係りを呼ぼうとしたところを、千遥は遮った。

「待って」

「え？」

「こんな時に何だけど……お願いがあるの」

「なんだ、結婚祝いか」

「ううん、今のマンションなんだけど」

「ああ」

「こんなこと頼むのはどうかと思うんだけど、もう少しの間、住まわせてもらえないかと思って。ずっとじゃないの」

さすがに、ふたりで、とは言えなかった。

「どれくらいだ?」

「半年ぐらい」

「結婚は半年後なのか?」

「ええ」

「なるほどな」

そう言ってから、また仲林は黙り込んだ。それは前よりも長くて重い沈黙に感じられて、千遥は慌てた。

「ごめんなさい、そんなの調子よすぎるよね。今の話は忘れて」

「千遥をすぐに追い出すつもりはないよ。どうせ、結婚相手はもう部屋に入れているんだろう?」

「まさか、そんなことするはずない」

けれど、気づいているはずだ。仲林は世慣れた頭のいい男だ。きっと千遥の言葉の裏側も読み取っているだろう。部屋の雰囲気が変わった、との言葉が思い出される。

「半年ぐらいなら構わないよ。ただ、そうだな、ひとつ条件を出させてもらおうか」

「条件?」

「その結婚相手と会わせてくれ」

千遥は顔を上げて、目をしばたたかせた。

「本気なの?」

「千遥の相手がどんな男なのか、この目で見ておきたくなった。大丈夫、相手に勘付かれるようなことはしないさ。私の最後の我儘だ、それくらいは叶えてくれるね」

断ることはできなかった。最後の我儘などと言われてどうして断れるだろう。それに、そうしなければ、あの部屋には住めない。

「ええ」

「じゃあ、今度こそ乾杯だ」

仲林は上機嫌で、フロア係りにシャンパンを注文した。

10　亜沙子

《今日はひとつご報告があります。

実は、娘の結婚が決まりました。

娘なんて、どうせ結婚したら他人の家の人間になってしまうのだから育てたって張り合いがない、と、聞いたことがあります。うちもそうなのだろうと、覚悟していたのですが、逆でした。息子が増えるってことなんですね。まったく嬉しい誤算です。

最近、幸せをしみじみと感じています。

十四年前、主人に先立たれた時、娘とふたり、これからどうやって生きて行けばいいのか途方に暮れました。頼る人もなく、ひたすら働き、必死に娘を育てる日々が続きました。でも、あの頃の苦労は決して無駄ではありませんでした。

思いがけず、同居することになりそうです。

今時、同居なんて流行らないと思いつつ、やはり嬉しい気持ちがあります。

今はただ、ふたりの思いやりに感謝するばかりです。》

亜沙子は母のブログを閉じた。

母はひとり先走っている。同居の件はまだ決まったわけじゃない。これからゆっくり考えよう、今はその段階のはずだ。

いや、それよりも、ずっと動揺が続いていた。

男なら、際どいサイトを覗くことぐらいあるだろう。インターネットにはポルノ映像がはびこっている。亜沙子だって子供ではないのだから、それに興味を持ったからといって過剰に反応するつもりはない。

けれども、その対象が少女となると話は別だ。まさかと思う、まさかと思うが、田畑にもし、そのような性癖があったとしたら。

あの日から、亜沙子は仕事を理由に田畑とは会っていなかった。新居の件も式場探しも先送りになったままだ。今は顔を合わせる気にもなれないが、母はそれが不満のようだった。

「今週はどうするの？」

朝、出掛けに母が言った。

「何が?」

「田畑さんとの週末ランチよ。亜沙ちゃん、先週は土日が休日出勤だったから行けなかったでしょう。今週は大丈夫よね?」

先週はわざと仕事を入れたのだ。

「新居はどうするの? 式場探しだって」

「今、仕事が忙しいの」

「忙しいのはわかるけど、それを何とかやりくりするのがあなたの務めでしょう。決めなければいけないこともいろいろあるんだし、今は何がいちばん大事なのかちゃんと考えてもらわないと」

「わかってる」

「本当にわかってるの?」

「わかってるって」

硬い口調で答えて、亜沙子は家を出た。

仕事になかなか集中できず、デッサンをする手も止まりがちだった。

文具メーカーから依頼された新キャラクターはまだ決まっていない。二日後の打ち合わせまでに、候補を五点、仕上げなくてはならない。

昼近くになって、智子が声を掛けて来た。

「ねえねえ、亜沙子先輩のとこにも来ました？」

亜沙子は顔を向けた。

「何の話？」

「ほら、いつだったかの合コンで、婚約してるのに参加した芦田って人がいたでしょう？　覚えてません？　亜沙子先輩とずっと話していた人」

「ああ、あの人ね」

偶然会ったことは言っていない。

「今、営業メールが来たんです。少額の株式投資があるからどうですかって」

「そう」

まだ入社して間もない彼にしたら、どんな小さな取引でも成果に繋げたいのだろう。

「まだパソコン、見てないの」

「亜沙子先輩のところにもきっと来てますよ。名刺交換した相手全員に送ってるんじゃないかな」

「投資するの？」

「まさか。こんな安月給でそんな余裕あるわけないじゃないですか。でも、もしあの人が婚約してなかったら、無理しても話に乗るんだけどなぁ。条件としては最高の人なんだもの。ああ、残念」

智子はため息をつく。本音が見えて、亜沙子はちょっと苦笑した。

「その後、合コンはどう？」

「空振りばっかり。でも、それしか道はないんだから命を懸けてます」

「頑張ってね」

もちろん、と、智子は肩を揺らしながら自席に戻って行った。

パソコンを開くと、確かに功太郎からメールが入っていた。智子が言っていた通り、株式投資のＰＲである。けれども、最後にこんな言葉が付けられていた。

『この間はびっくりしたよ。婚約者、しっかりした感じの人だったね。お似合いでした。式場は決まった？　こちらは何とか結納が終了。けど、結婚ってやっぱり大変だなぁって実感してるよ。女心はわからないことだらけだ。そちらはどうですか。また、近くに来る予定があったら、電話でもメールでも連絡ください。お茶でもしよう』

功太郎の文面は屈託ないものだった。亜沙子も妙に身構える必要はない。気楽に返事を送った。

『投資はとても無理なんだけど。あの時はほんと偶然でしたね。芦田さんの婚約者があまりに綺麗な人なのでびっくり。ベタ惚れなのがよくわかりました。結婚が大変って気持ちはまさに同感です。私もちょっとあって、少々落ち込んでいます。明後日、打ち合わせで近くに行くんですけど、時間ありますか』

二日後、前と同じカフェで、亜沙子は功太郎と向き合っていた。

午後八時。客は少ない。窓の向こうを、仕事を終えた人たちが気忙《きぜわ》しく通り過ぎてゆく。前に会った時より、功太郎はいっそうスーツ姿が板についていた。どこから見ても丸の内のビジネスマンといった風情である。仕事柄、ラフなスタイルを見慣れている亜沙子には、少しばかり眩《まぶ》しく映った。

「結納は彼女の実家でしたんだけど、今となってみればよかったと思うよ。あちらの両親や親戚の人にすごく喜んでもらえたからね。まあ、うちの親は仕事を近所に頼んだり、祖母を介護サービスに預けたりして大変だったけど」

功太郎がコーヒーを口にした。

「式場は決まったの？」

「それはまだ。もう二十軒近く回ってるんだけど、彼女がああでもないこうでもないってケチばかりつけて、ぜんぜん決まらないんだ。俺にしたらもうどれも同じだろうって思うんだけど、彼女は絶対に失敗は許されないって」

「すごい意気込みね」

「でも、自分がこうしたいって強い意志があるわけじゃないんだ。どの式場を選んだら母親に満足してもらえるか、それぱっかり考えているみたいだ。俺もちょっとびっくりなんだけど、彼女、ものすごく母親を気にしててさ」

「へえ」

「で、ここのところをぜひ聞きたかったんだけど、娘って、母親のことがそんなに気になるものなのか？」

亜沙子はしばらく考えた。

「人にもよるけど、確かにそういうところはあるかもしれない。きっと、すごく仲のいい母娘なのね」

功太郎は、うーん、と、唸った。

「俺も、最初は仲がいいから気にするんだと思ってたんだ。実際、結納の時も和気藹々《わきあいあい》って感じだったからね。でも、そうじゃないらしい。この間、式場のことでちょっと揉めた時、いきなりキレてさ、自分は母親に虐待されて来たとか、変な式場を選んだら母親に馬鹿にされる、なんて言い出すから驚いた」

亜沙子は功太郎の顔を見直した。

「だったら無視すればいいじゃないかと言ったんだけど、失望されるのだけは絶対に嫌だって。まったく理解できないよ」

亜沙子はコーヒーカップを手にした。功太郎の婚約者の気持ちが少しわかる気がした。母と娘の関係は、近すぎても遠すぎても、胸の中に収まりきらない葛藤がある。愛して欲しい、解放して欲しい。その相反する感情は、同時に根底で繋がっている。そして、母に対する負の感情には常に罪悪感がつきまとう。私が間違ってるのか。悪いのは私なのか。

「とにかく、あとは式場を決めるのと、部屋探しだな。アテにしていた社宅に入れなくなって、彼女が住んでるマンションの借り主に、しばらく住まわせてくれないかって頼んだんだ。今度、その人に会うことになった」

それから、黙りがちになった亜沙子に、功太郎は気遣うように返した。

「ごめん、自分のことばっかり話してしまったね。そっちの方は順調？」

「うちはまだ何も決まってないの。新居も式場もぜんぜん」

今の状態で、決められるはずもない。

「こうなってみてようやくわかったんだけど、形式的なことなんか全部省略してもいいかもって思うよ。要は気持ちの問題だから、入籍だけで十分じゃないかって」

「そうかもね」

「どうかした？　何か元気がないみたいだけど。そう言えば、メールに落ち込んでるなんて書いてあったよね、何かあった？」

功太郎に話してみようか。そうすれば少しは気が晴れるかもしれない。やはり、こういうことは男の方が答えを知っているように思う。

「あの、私じゃなくて、友達から相談されたことがあるんだけど、何て答えていいのかわからなくて、できたら男の人の意見を聞きたいんだけど」

さすがに自分のこととは言えなかった。

「いいよ、俺で答えられることなら、何でも」

功太郎はいたってリラックスしている。

「実は、その友達の彼っていうのが、ネットでいかがわしい画像を観てるらしいの」

功太郎は苦笑した。

「何だ、そんなこと。それくらい、男なら誰でもあるだろう」

「でも、その写真が少女の裸だったの。児童ポルノっていうのかな、そういう類」

「ふうん」

「私も、たまたま面白半分に覗いただけなんじゃないのって言ったのよ。でも、やっぱり気になるらしくて。ロリコンっていうか、小児性愛者だったらどうしようって、彼女は心配してるみたい。世の中には、見た目は普通でも、そういう人っているじゃない。小さな女の子が誘拐されたりする事件だって聞くし」

「つまり、その友達は彼氏が変態なのではないかと疑っているわけだ」

「まぁ、そういうこと」

「妙なこと聞くけど、その男って、彼女と、その、ちゃんとしてるの？」

さすがに躊躇しながら功太郎は尋ねた。

「うん、それは、そうみたい……」

「だったら、興味本位というか、ちょっと覗いてみただけっていうのだと思うよ。真性のロリコンだったら、大人の女とはできないんじゃないかなぁ。まあね、正直に言うけどさ、俺も面白半分にそういうサイトを見たことあるし」

「そうなの？」

「でも、大抵の場合、そういう画像って、童顔のＡＶ女優に子供の格好をさせてるっていうものなんだ。児童ポルノは規制がすごく厳しいからね。業者もそれはよくわかってるから、そう簡単には手に入らない」

「詳しいのね」

功太郎は慌てて顔の前で手を振った。

「違う違う、俺は別にそういう方面に興味があるわけじゃないからね。一般論として耳にしただけだから」

「わかってる」

「だから、子供に見えても、それは観る方も演じる方もわかっててやってるの。まあ、男は基本、スケベにできてるから、それくらいは大目に見てやってもいいんじゃないかなあ」

じっくり見たわけではないが、もしかしたら亜沙子が見た子供の画像も、大人が演じていただけだったのかもしれない。

「じゃ、大した問題じゃないのね」

「まあ、多くの場合はそうだと思うよ。ただね、もし、それが本物の子供が出ている画像だとしたら、違法なサイトから手に入れたものだということになる。そこまでやっているのであれば、ちょっとやばいかもしれない。そういう奴は、闇ルートから手に入れたり、愛好家同士でファイルを交換し合ってるってこともあると思う。そうなれば犯罪だ。そこは調べてみてもいいかもしれない。その彼氏、他にもいろいろ持ってるようだった？」

亜沙子は首を振った。

「ううん、パソコンで何枚か見ただけ」

「だったら、気にすることはないよ」


その週末、三人でランチに出掛けた。

母の催促もあったが、功太郎と話をして、気持ちが落ち着いたせいもある。乃木坂の中華料理屋で食事をしながら、喋っているのは母ばかりだ。

「それでね、ちょっと気が早いとは思ったんだけど、不動産屋に行って、今のマンションを査定してもらったの。やっぱり築年数がたってるから、期待してたほどじゃなかったけど、それでも売り値としてはなかなかのものだったわ。そうね、都心まで通勤に一時間ほど覚悟すれば、五十坪ぐらいの土地なら買えそうなくらいの金額」

「へえ、すごいですね」

田畑が答えている。

「だから、土地は何とかなると思うのよ。中古家付きの物件もあるだろうけど、家だけなら、あなたたちふたりでローンを組めば、返済もそう大変ってことでもないと思うの」

「でも、おかあさんにそこまでしてもらうのは申し訳ないです」

「いやだ、何を遠慮してるの。私たち、家族になるんじゃない。当たり前よ」

母はすっかり心を決めているようだった。

二時過ぎに母と別れ、田畑とふたり、目黒の式場を見に行った。係員は熱心に説明をしてくれたが、田畑は相変わらず無関心そうだし、亜沙子も気が乗らなかった。夕方前には田畑のアパートにやって来た。

やけに疲れてしまい、ふたりでぼんやりテレビを観ていた。コーヒーを淹れようとして、豆が切れているのに気づき、田畑が「ちょっとコンビニで買って来る」と、買出しに行った。

亜沙子はパソコンに目をやった。功太郎の言葉を思い出していた。好奇心で覗いただけ、男なら誰でもすること。それを確信したかった。

亜沙子は電源をオンにし、インターネットに接続して閲覧履歴を覗いてみた。

昨日、一昨日、三日前、四日前。しかし、先日見たサイトは出て来ない。肩から力が抜けた。やはり、その程度のことだったのだ。憶測だけで、ひとりよがりに騒ぎ立ててしまった自分が可笑しくなった。

肩をすくめながら、亜沙子は電源をオフにしようとした。その時、USBメモリーがセットしてあるのに気が付いた。ずいぶんと容量のあるメモリーのようだ。

亜沙子はそれを呼び出した。瞬間、目の前にずらりと写真が並んでいった。クリックしてみる。少女たちだ。それはどう見ても大人が装っているものではなかった。明らかに小学生とおぼしきあどけない女の子たちだった。動画も保存されていた。強張る指でそれを開くと、小学生の女の子がプールの更衣室で着替える様子が映っていた。隠し撮りだと思われた。指が冷たくなってゆく。身体が小刻みに震え出す。もっとも酷《むご》い映像は、大人の男が、怯えて泣いている少女の身体をまさぐる動画だった。

頬を強張らせながら電源を切り、バッグを手にして、亜沙子はアパートを出た。コンビニから帰って来る田畑と顔を合わせないよう、遠回りをして駅に向かった。髪を揺らす生ぬるい風が不快だった。こめかみが充血している。吐き気が断続的に襲ってくる。

駅舎に入ったところで、スマホが鳴り出した。田畑の名前が出ている。電源を切り、亜沙子はそのまま改札をくぐって電車に乗った。


それから一週間がたつ。田畑からの連絡にはいっさい応えていない。

『急に帰るなんてどうしたの』『どうして電話に出てくれないの』『何か怒ってるの』『式場のことは、もっとちゃんと考えるから』『とにかく、会って話そう』

メールも何度も送られて来た。このまま会わずに済ませられるわけはない、とわかっている。ただ、亜沙子にも時間が必要だった。あんな画像や動画を見せられて、冷静に対応ができるはずがなかった。

「遅かったのね」

残業で十時過ぎに帰って来ると、母がダイニングテーブルで雑誌を広げていた。

「うん、ただいま」

二世帯住宅のカタログ誌である。母はここのところ、その類の雑誌ばかり眺めている。亜沙子は目を逸《そ》らして、自分の部屋に入ろうとした。

「田畑さんと喧嘩でもしたの？」

ドアノブに掛けた手が止まった。振り向かないまま、亜沙子は尋ねた。

「どうして？」

「今日、田畑さんから連絡をもらったの。ここずっと、電話にも出ないしメールを送っても返事がないって。病気にでもかかったんじゃないかって、心配してた」

「そう」

「何かあったの？」

「別に」

「喧嘩もいいけど、いい大人なんだから、拗《す》ねたり意地張ったり、子供じみた真似をするのはやめなさい」

答える言葉を見つけられない。

「それに、そろそろ結納や結婚式の日取りも決めてもらわないと、かあさんも予定が立てられないじゃない。不動産屋にこのマンションの買い手を探してもらわなきゃならないんだから」

黙ったまま、亜沙子は自室に入った。


このままでいても何も解決はしない。それはよくわかっている。では、自分はどうすればいいのだろう。亜沙子も少しは落ち着いて考えられるようになっていた。

答えは決まっている。あんなおぞましい性癖のある男などと結婚できるはずがない。しかし、それと同時に、何かの間違いであって欲しいとの気持ちも残っているのだった。

もし、田畑に私を説得してくれるだけの理由があったなら——。

昼食時、ようやく田畑に連絡を入れる気になった。外に出て、駅前まで行った。地下鉄出口の前の小さな広場では、たくさんの人たちが同じように耳に携帯を当てていた。他人の会話など気にする人は皆無だ。

「ああ、やっと掛けて来てくれた」

田畑のほっとした声が耳に届いた。

「母に電話したのね」

「当然だろう。部屋から急にいなくなって、それから一週間以上も連絡が取れないなんて、何かあったとしか思えないじゃないか。いったい、どうしたんだ」

雲が流れて陽が翳《かげ》り、足元に薄く影ができた。

「話があるの。今夜、時間ある？」

亜沙子は影に目を落とした。

「今夜？　うん、何とかする」

亜沙子はふたりで二度ほど行ったことがある渋谷の喫茶店を指定した。

「わかった、じゃあ、そこで」

電話を切ると、どうしようもなく気持ちが昂っていた。自分は今、人生の岐路に立たされているのだと思った。これからどうなるのだろう。元に戻れるのか。別れるのか。いたたまれない思いに追い詰められてゆく。

咄嗟に、亜沙子は功太郎へ連絡していた。

「急に、電話なんかしてごめんなさい」

早口で亜沙子は言った。功太郎が驚いている。

「どうしたの？」

「この間の話なんだけど」

「この間？」

「友達の彼が児童ポルノのサイトを見ていたっていう」

「ああ、あれ」

「あなたの言う通り、調べてみた。そしたら、他にもたくさん持っていた。USBメモリーに写真や動画が保存してあった。どう見ても、大人が装ってるAVじゃなかった。本物の子供だった」

功太郎は黙った。

「ごめん、言わなかったけど、それ、友達の彼じゃないの。私の婚約者なの」

「そうか」

功太郎の声は落ち着いていた。

「もしかしたら、そうじゃないかって思ってた」

「こんなこと聞かされても困るのはわかってる。でも、どうしても、誰かに聞いてもらいたくて」

その気持ちを、亜沙子も自分でうまく説明できなかった。功太郎に言っても何ひとつ解決するわけではない。どころか恥でしかない。けれども、ひとりで背負ってしまうには重すぎた。

「わかるよ。それで、どうするの」

「今夜、話をすることになった」

「そうか。誤解ってこともあるから、あんまり思い詰めない方がいいよ」

「ええ」

「でも、どっちにしても、話し合いが終わったら連絡をくれないか。やっぱり心配だから」

田畑と向き合ったとたん、喉の奥に固いものが詰まったような気がした。あの画像がフラッシュバックする。それを覗き込む田畑の姿がリアルに頭に浮かんで、亜沙子は思わず目を逸らした。

「本当にごめん、僕が悪かった、反省してる」

唐突に、田畑が頭を下げた。亜沙子はまっすぐ田畑を見やった。

「何を謝っているの？」

「あれから考えた。確かに僕は、いろんなことをみんな君任せにしていた。決してどうでもいいと思ってるわけじゃないんだ。ただ、そういうことには疎いせいもあって、真剣味が足りなかったと思う。これからは、ちゃんとやる。ほら、目黒の式場、今度の休み、あそこにもう一度行ってみないか。雰囲気もよかったし、結納もセットになってるし、なかなかいいんじゃないかって思うんだ」

田畑の勘違いを、亜沙子は静かに打ち消した。

「違うの、そういうことじゃないの」

「え？」

亜沙子は感情的にならないよう、自分を落ち着かせた。

「私が聞きたいのは、パソコンに入っていた画像よ」

田畑はみるみる顔を強張らせた。外で大きくクラクションが鳴って、一瞬、客の視線が窓へと集中する。

「何のことだろう」

硬い口調で田畑が尋ねた。

「パソコンを勝手に開いたのは悪かったわ。式場のことを知りたくてネットに繋げたの、そしたら——女の子の画像が出て来た」

田畑が唇の端を震わせながら、ぎこちない笑みを浮かべた。

「やだな、そんなものを見たんだ。別に大したことじゃないよ。ちょっと好奇心があって、たまたまサイトを覗いてみただけさ。そういうのって、女の人としては許せない行為だと思うけど、男なら誰でもやってることだ。自分を正当化するわけじゃないけど、本当に遊び半分みたいなものだよ。でも、ごめん、不愉快にさせたのなら謝るよ。もう二度と、あんなサイトは見ないから」

「たまたまなの？」

「もちろんさ」

「じゃあ、ＵＳＢメモリーに保存してあるものは？」

田畑が唾を呑み込んだ。不自然なほど、喉仏が大きく上下した。

「それも説明して」

「あれは……あれは僕のじゃなくて、友達が勝手に置いていったものなんだ。僕にそんな趣味はないけど、手にしたらつい見てみたくて、繋げてしまっていただけさ」

「保存されているものは、みんな本物の少女たちだった。隠し撮りもあった。もっとひどいものも。これって犯罪でしょう？　間違いなくそうよね。友達のものだというなら、その友達を警察に突き出して」

田畑は一瞬、黙り込んだ。

「できないの？」

「そんなにムキにならなくても、すぐ友達に返すから。きちんと注意もしておく」

「あなたのなんでしょう？」

平静さを保つよう、自分に言い聞かせながら、亜沙子は言った。

「あなたが好きで観てるんでしょう？」

「違う」

田畑は答えた。

「じゃあ、私が警察に届ける。それでもいいのね」

田畑は逡巡するように瞳を泳がせた。上気したように目の縁が赤く染まっている。やがて観念したのか、重い口を開いた。

「わかって欲しい。これは現実じゃないんだ。すべてファンタジーの世界でのことなんだ。実生活とはきちんと切り離して考えている。実際に少女に何かするわけじゃないし、そんな犯罪を犯すほど僕は馬鹿じゃない」

亜沙子は足元がすっぽり抜け落ちるような虚脱感に包まれた。更衣室で着替える少女たち、大人に身体をまさぐられる女の子、それらは架空の出来事じゃない。現実に起きている。それを観て、嫌悪するのではなく、性的興奮を愉しむなんて理解できるはずがない。

「そうなのね。あなたにとっては、それくらいのことでしかないのね。でも私は駄目、生理的に受け入れられない」

「僕を小児性愛者だと決めつけないでくれ。君とだって普通にできているだろう。僕も普通の家庭を持ちたいし、両親も安心させたいし、会社からの信頼も得たいんだ」

失望というより、むしろ怒りが湧いた。

「あなたの体面を保つために、私を利用するつもりなの」

「利用なんかじゃないよ、僕は本当に君と――」

「私は無理」

「もう観ないって約束する。全部処分するから」

性的嗜好とは抑圧できるものなのか。本能に関わるものをコントロールできるのか。もっと闇に逃げ込むだけではないのか。頭で考えても答えは見つけられない。ただひとつ、はっきりしている。

「あなたはわかっていない。女が生理的に受け入れられないと感じることが、どんなに決定的なものか。はっきり言うね。私はもう、あなたとセックスできない」

田畑は言葉を呑み込んだ。

「結婚は白紙に戻してください」

亜沙子はバッグから財布を取り出すと、自分の代金をテーブルに置いた。田畑は硬直したように、身じろぎもしない。

喫茶店を出て、足早に駅に向かった。田畑が追いかけて来るような気がして、ふと恐怖を感じ、振り返った。姿はない。ひとつ息を吐き、バッグの中のスマホに手を伸ばした。

「私」

「うん、どうだった?」

功太郎の声が胸に沁みた。

「別れて来た」

言ったとたん、涙が溢れそうになり、慌てて唇を嚙み締めた。

「そうか、大変だったね」

そして、功太郎は言った。

「よかったら、今から会わないか」

11　千遥

仲林と功太郎の顔合わせは、広尾の料亭で行われた。

仲林は「結婚おめでとう」と祝いの言葉を口にし、同時に「マンションはふたりで使ってもらって構わないよ」と、告げた。やはり、最初からふたりで暮らすことを見抜いていたのだ。それを思うと、身が竦《すく》んだ。

「ありがとうございます。助かります」

すぐに食事が始まったが、さすがに千遥は落ち着かず、料理も食べた気がしなかった。仲林は大人の態度で、功太郎と仕事の話などを交わしている。

高級料亭の雰囲気や、父親ほどの年齢の仲林を前にして、さすがに萎縮したのだろう。功太郎もまたいつになく緊張しているようだった。

二時間近くの会食が終わり、タクシーに乗り込む仲林を見送って、千遥の肩からようやく力が抜けた。

「仲林さんっていい人でしょう?」

「ああ、そうだな」

「マンションも快く貸してくれたし」

「まあな」

答える功太郎の声はどこかぎこちない。まだ緊張が残っているのかもしれない。

「これからどうする？　どこかで少し飲んでく？」

「いや、社に戻らなくちゃならないんだ」

「なんだ、残念。じゃあ、明日また連絡して。週末の式場探しもあるし」

「わかった」

駅前で別れ、千遥はひとりマンションに戻った。


その週末、式場探しに出掛けるつもりでいたのに、電話口で功太郎は「行けない」と言った。

「仕事が立て込んでるんだ」

「休日なのに？」

「今、ちょっと大きな仕事に関わってて、時間が取れなくて」

「引っ越しはどうするの？」

「それも、仕事が一段落してからのつもりでいる」

「ふうん」

「じゃな、会議が始まるから」

素っ気なく功太郎は電話を切った。

仕事というなら仕方ない。入社してそう時間もたっていないのだから、上司に認められるためにも頑張らなければならないのだろう。それはわかっているが、結婚だって大事な用件ではないか。後回しにされるのは納得いかない。

母から電話が入ったのは、その夜だった。

「どう、式場は決まった？」

いつものことだが、母の声は千遥を不安にさせる。ただ聞かれただけなのに、まるで責められているような気がしてしまう。

「まだなんだけど」

「やだ、まだ決まらないの。親戚から、日取りや場所をいろいろ聞かれてるのよ。何をもたもたしてるのよ」

「功太郎の仕事が忙しくて、時間がなかなか取れないの」

「しょうがないわねぇ」

「でも、候補はもう三軒に絞ってあるの。だから、そんなに時間はかからないと思う」

短い間があって、唐突に「だったら、私が行くわ」と、母が言った。

「明日、そっちに行く。朝早い電車に乗れば、昼前には着くでしょう。その日の午後と、一晩泊まって次の日で、その三軒を一緒に見て回ってあげる」

「でも……」

「こういうことは、ちゃんとした大人が関わった方がスムーズに事が運ぶものよ。到着時間が決まったら、また連絡するわ」

母は弾んだ声で言った。

それを聞いて、千遥が最初にしたのは、部屋中の掃除だった。たまった雑誌類はゴミ捨て場に出し、散らかっていた服はクローゼットにしまった。

母が訪ねて来るのは、千遥が上京してから初めてである。大学の入学式も卒業式も、母は来なかった。人の多い場所は疲れるから、というのが理由だったが、母にとって、千遥のために時間を割くなんて無意味でしかないのはわかっていた。もちろん、千遥だって来て欲しいなんて望んだことはない。

部屋は丁寧に掃除機をかけ、フローリングは紙モップで拭いた。ウェットシートがなくて、二十四時間営業のドラッグストアまで走った。ベッドカバーとシーツを替え、キッチンの蛇口とシンクのくすみを磨き、風呂はドアのパッキンと排水口の黒ずみを漂白した。功太郎が来る時も、仲林のためにも、そんなことはしたことがないが、母は違う。「何なの、汚くして」と、眉を顰められたくなかった。「へえ、綺麗にしてるのね」と、驚かせたかった。

翌朝、十一時過ぎ、東京駅八重洲中央口に母の姿を認めた瞬間である。どういうわけか、千遥は泣きたくなった。

あの日のことを思い出したからだ。

小六の時、二泊三日の修学旅行があった。帰りは、駅に保護者が迎えに来る約束になっていた。到着した時、子供らの母親や祖父母の大半が、すでに駅前で待っていた。都合がつかない保護者は、友達の母親にそれを頼んでいた。生徒はひとり、またひとりと帰ってゆく。じゃあね、と、手を振る姿を見送りながら、千遥はだんだんと不安になっていった。家を出る時、千遥は母に確かめた。「迎え、大丈夫?」ああ、わかってる、と、母は言ったはずだ。プリントも冷蔵庫のドアに貼った。それなのに、母は現れない。そうしているうちに、とうとう最後のひとりになった。携帯もスマホもない時代である。「おうちに電話してみましょう」と、担任に言われ、千遥は公衆電話から家に掛けたが、空しくコールが鳴り続けるだけだった。担任に告げると「きっと、こっちに向かってる途中なのね」と言ったが、それから十分たっても二十分たっても母は来なかった。やがて雨が降り始めた。隣に立つ担任が、苛々しているのがわかる。スニーカーがだんだん色を変えてゆく。指先に、ずくずくと濡れた嫌な感触が広がってゆく。

結局、千遥は担任に自宅まで送られた。担任もこれ以上、待たされるのにうんざりしたのだろう。玄関先で、担任に連れられた千遥を見て、母の表情がみるみる不機嫌になった。

「迎えの話なんて何にも聞いてないわよ。あんた、そんなことひと言も言わなかったじゃないの」

千遥は反論しなかった。隣に立つ担任に、約束したのに来てくれなかった、より、母に言い忘れたと思われる方がまだましに思えたからだ。

「ご面倒をおかけしてすみません。まあ、電話もいただいたんですか。ちょっと買い物に出てたんです。この子ったら本当にぼんくらで、何でもすぐ忘れてしまって。あとでよく叱っておきます」

母は門の前で何度も頭を下げながら、愛想よく担任の姿を見送った。それから千遥を振り向くと、表情を一変させ「よくも恥をかかせてくれたわね」と、吐き捨てるように言って、家の中に入って行った――。

改札口から出て来て、母は開口一番言った。

「ああ、こっちは蒸すわねえ」

「ごめん、今日はちょっとそうみたい」

「変な子ね、何であんたが謝るの」

「ああ、うん、そうだね」

千遥は力なく作り笑いをする。私のせいじゃない。それがわかっていても、母の不機嫌はすべて自分に原因があるような気がしてしまう。

「それで、今日はどんな予定になってるの?」

「ちょっと早いけど、どこかでランチして、それから式場を三軒回るつもりなんだけど」

「けど、何なの?」

「それでいい?」

「いいも悪いも、東京のことなんか、かあさんにわかるはずがないんだから、あんたに任せるしかないでしょ」

こういう言い方には慣れているのに、今更傷つく自分に腹が立つ。

ランチは駅に併設しているデパートのレストラン街に行った。母の希望で、蕎麦屋に入った。早い時間なのでさほど混んでおらず、すんなり席に案内された。

「今日、功太郎さんは？」

「仕事なんだって」

功太郎には、昨夜、電話を入れた。母が上京すると告げ、顔を出してくれるよう言ったのだが、答えは「抜けられそうもない」だった。今朝もメールを送ったが、同じ答えだった。

母がみるみる不機嫌になってゆく。

「せっかく、来てあげたのに、顔も見せないなんてどういうつもり」

母は、ないがしろにされることが何より我慢できない性質である。

「急だったから、無理だったみたい。すごく謝ってた。今、本社からお偉いさんが来ていて、その対応に付きっきりなの。新入社員で、そういう仕事を任されるってなかなかないのよ」

そんな話は聞いていないが、それぐらい言わなければ母は納得しないだろう。

千遥は話を変えるために「式場なんだけど」と、バッグからパンフレットを取り出した。

「これは日比谷で、こっちは文京区のホテル。それと、白金のレストランウェディング。料金はどの式場も大して変わりはないの。結局は雰囲気かなって思うんだけど」

「招待客は何人ぐらい呼ぶつもりでいるの？」

「お互い二十人で、計四十人くらいかなって予定してる」

「うちは、もう少し多くなるかもしれないわ。出席したいって親戚、結構いるから。これを機に、東京見物もするつもりらしいの」

「その時は追加するけど。でも、あんまり多いと、広めの会場に変えなくちゃならなくなるから、早めに決めてもらわないと」

「何言ってんのよ、あんたが式場を決めないから、こっちも招待客を決められないんじゃない」

「ああ、そうね……」

「それで、あんたは、友達は何人呼ぶの。東京暮らしも長いんだから、友達も多いんでしょ？」

それは千遥も考えている。いったい誰を招待すべきだろう。会社の上司、同僚、学生時代の同級生、スポーツジムで知り合った友人。選べないのではなかった。友達と呼べるような、親しい関係にある知り合いが思い浮かばないからだ。

千遥にとって、友達と呼べるのは子供の頃からミハルだけだ。ミハルがいれば十分だった。しかし、友達がいないなんて、母には口が裂けても言えない。

「まだ決めてないけど、二、三人ってところかな」

「そんなに少ないの？　相変わらず友達がいない子ね。まあ、あんたは昔からそうだった。友達を連れて来たこともめったになかったし」

それは母のせいだ。千遥が友達を連れて来るのをあれほど嫌がったではないか。騒がしいのはうんざり、と、庭先までは許しても、なかなか家に入れようとしなかった。それでいて、弟の友達はおやつやジュースを振る舞って歓待した。母の言い分はこうだ。「あんたと違って、宏和は跡取りなんだから、付き合いだって大切にしなきゃ」

たとえ幼い友達関係でも、貸し借りがある。相手の家に遊びに行くばかりの付き合いが負い目になって、やがて少しずつ友達との距離が広がっていった。それは中学高校を卒業し、上京しても変わらなかった。

今もうまく人と付き合うことができない。それらしく調子を合わせていても、部屋に招くような親しさまでにはなれない。相手の本心が見えないし、自分も見せられない。何より、女同士で話し込むような状況が苦手だった。

「いないわけじゃないよ。ただ、あの友達を呼べばこの友達も呼ばなくちゃってことになるでしょ。だから、結婚式とは別に後でパーティでもしようかなって思ってるの」

もちろん、そんな計画はない。

「ふうん。まあ、とにかくまずは式場を決めることね」

天ぷら蕎麦が運ばれて来て、母は話を中断させ、早速箸を手にした。

母が気に入ったのは、二軒目に回った文京区にあるホテルである。広々としたロビーの中央には豪華に花が活けられ、庭はまるで森のように広大だ。

披露宴会場も天井が高く、庭が一望できる造りになっている。

「ああ、ここいいわねえ。ここにしなさいよ」

母は頬を紅潮させせながら言った。

「ここなら、誰に来てもらっても恥ずかしくないわ」

「でも、せっかくだから、最後の一軒も見ない？　そっちもすごく素敵なの」

「もう、いいわ。なまじっかあれこれ見て回るから迷ってしまうのよ。ここにしなさいよ、迷う必要なんかないじゃないの」

母はすっかり勢いづいて、さっさとブライダルサロンへ向かって行った。

係員を呼び、料理や引き出物や予約状況などを説明させ始める。本当は予約しなければいけないのに、ウェディングドレスを見せてもらうことになったのも、母が係員に強引に頼み込んだからだ。

「こっちは客なのよ、遠慮してどうするの」

サロンの奥にあるフィッティングルームには、二百着以上もドレスが展示されていた。それらに囲まれただけで圧倒されてしまう。この中から一着を選ぶのは至難の業のように思えた。

母は、嬉々としてドレスを物色している。千遥などそっちのけで、係員と「最近、人気があるのはどういうの？」「これはやっぱり若い子向けかしら？」などと、話している。

一時間近くかけて母が選んだのは、サテン地にきらびやかな刺繡とパールがほどこされたドレスだった。

「これいいじゃない、これにしなさいよ」

スタンドカラーが花びらの形をしていて、スカートは大きく広がり、後ろにリボンが付いている。

「えっ、これ？」

千遥が思い浮かべていたデザインとはまるで違っていた。

「気に入らないの？」

「そうじゃないけど」

「けど何なの？」

母がまた揚げ足を取る。

「ちょっと違うかなって」

「どう違うの？」

「うまく言えないけど、私には合わない気がする」

「じゃ、どれならいいの？」

そう言われると、どれを選べばいいのかわからなくなる。今まで雑誌の写真を見ていろいろと思い浮かべていたはずである。それなのに、具体的な形が思い浮かばない。

「どうなの、どれなの、じれったいわね、さっさと選びなさいよ」

背中が熱くなってくる。手のひらが汗で湿ってゆく。早く決めなくちゃ。どれか選ばなくちゃ。でも、わからない。私はどんなドレスが着たかったのだろう。レース？　シフォン？　ラインは？　飾りは？　焦りばかりが広がってゆく。

「ああ、本当にあんたは愚図なんだから。難しいことを聞いてるわけじゃないでしょ。どのドレスがいいか、それだけのことでしょ。苛々させないで」

千遥が立ち竦んでいると、見兼ねたように係員が割って入った。

「これだけあると迷いますよね。みなさま、そうですよ。見ているだけではイメージが湧かないでしょうから、まずはお母さまのお選びになったドレスを試着なさってみてはいかがですか」

促されて、千遥は試着室に入った。服を脱ぎ、係りの人の手を借りながら袖を通し、背中のファスナーを上げてもらう。

やはり、似合うとは思えなかった。はっきり言って野暮ったい。それでもとりあえず母には見せなければならない。着替え終えると、係員がカーテンを引いた。

現れた千遥の姿を見た瞬間、母は「あらぁ」と、奇声を上げた。

「やだ、あんた、チンドン屋みたい」

そう言って、ひとりで大笑いしている。係員が気まずそうに視線を逸らした。千遥は恥ずかしさのあまり消えてなくなりたくなった。

ブライダルサロンを出て、ロビーに向かって歩いてゆく間も、母の小言は延々と続いていた。

「何でもっと試着しなかったのよ、他にもいろいろあったじゃない」

母親に嘲笑されるみじめな自分を、これ以上、係員に晒したくなかった。

「今日はそんなつもりじゃなかったから、また今度にする」

「今度って、どうせあんたのことだから、ひとりじゃ何も決められないんでしょ。わざわざ上京してあげたんだから、こういう時にぱぱっと決めればいいの。式場だって、仮押さえだけでもしておけばよかったのに」

「功太郎の都合もあるから」

「その功太郎さんが忙しいんだから、こっちで決めるしかないでしょう。こんなことしてたら、いつまでたっても決まらないじゃないの」

「近いうちに何とかする」

「ああ、もう、堂々巡り。何とかできないから、こうして私が来てやってるんでしょう。まったくあんたはいつも口ばっかり。小さい頃からそうだった。叱られても、その場しのぎに泣いて『ごめんなさい』って言うだけ。それだけ言っておけば何とかなると思ってたんでしょ。心の中でぺろって舌を出してたことぐらい、かあさん、ちゃんと見抜いてたんだから」

泣けば許されると思うな。

母の口癖が耳元に蘇る。

千遥は黙った。胃の裏側が細かく痙攣し始めている。

「そういうところ、我が子ながらほんといけすかなかったわ」

喉の奥から吐き気が込み上げて来る。どっくんどっくんと、心臓の鼓動が強く響く。

「あんた、功太郎さんがいい条件の人だからって、ちょっと天狗になってるんじゃない？　最近、妙に態度がえらそうよ」

庭の土蔵が思い出される。あの黴臭さ、あの湿っぽさ、足元に近づいてくる不気味な虫たち。

「東京の大学に行かせてやって、仕送りもして、ずっと面倒をみてやったのよ。この間の結納だって、あんなに豪勢に祝ってやったのに、あんたには親に感謝する気持ちってものがないの？　まったく、情けないったらありゃしない」

母は自分の言葉に誘発されるかのように、いっそう興奮を高めてゆく。ますます暴走し始める。

頭の中に、ふつふつと細かい泡が湧き出て来た。それは膨らみ続け、頭がぱんぱんになってゆく。背中は熱いのに、流れ落ちる汗は冷たい。

「黙ってないで、何とか言ったらどうなのよ」

千遥は足を止めた。母が振り返り、目が合った。

「何なの、その目。ああ、嫌だ、宏和が言ってた通りだわ。あんたのその目つき、ばあさんにそっくり。気色悪いったらないわ」

「いい加減にして！」

千遥は叫んだ。身体が破裂したのではないかと思えるほど大きな声だった。

ロビーの豪華な生花の前である。ぎょっとしたように、周りの客が足を止めた。母は千遥を見直して、何度か瞬きした。

「もう、うんざり。もう、たくさん。これは私の結婚なの。かあさんとは関係ないの。式場もドレスも自分で決める。とやかく口を出すのはやめて。それが嫌なら帰ってよ。誰が来てって頼んだ？　かあさんが勝手に来て、ひとりで騒いでるだけじゃない。迷惑なの。余計なお世話なのよ」

周りのざわめきが消えていた。客の視線が集まるのを感じたが、そんなことはどうでもよかった。

「あんた、母親に向かって、よくもそんな口を……」

母が唇の端を歪めた。

「かあさん、自分のことをよく母親だなんて言えるね。あれが母親のすること？　子供の時から、馬鹿だ愚図だって、私をこき下ろし続けて来たくせに。何でもかんでも悪いのは私。ないがしろにして、罵って、機嫌が悪い時は当たり散らして、それが当然って顔をしてた。どうせ私なんか、どれだけ踏みつけにしても構わない存在だったんでしょう？　あれは教育でも躾でもない、虐待っていうの。今だったら、警察に通報されてもおかしくないのよ。逮捕されたって当たり前なの。あんたは母親という名の犯罪者なのよ！」

「千遥……あんた、何を言い出すの……」

母の頰が引き攣《つ》っている。

「今、私がかあさんをどう思ってるかわかる？」

母が唾を呑み込む。

「心の底から、憎んでる」

母の顔から血の気が引いていった。何か言おうと唇を動かしかけたが、結局、言葉にならなかった。母は背を向けると、小走りにエントランスドアへと向かって行った。足がもつれそうになっている。ドアマンにドアを開けられ、外に出て、やがてタクシー乗り場へと消えていった。

千遥はしばらくの間、生花の前に立ち竦んでいた。息が荒くて、肩が上下している。周りの好奇の目が少しずつ薄らいでゆく。人が散り去った時、声があった。

〈やったね〉

隣にミハルが立っていた。

千遥は思わず尋ねた。

「私、あれでよかったよね。間違ってないよね」

〈もちろんよ。よく言ってやったわ。見た？　かあさんの面食らった顔。可笑しくって吹き出しそうになっちゃった。千遥からそんなこと言われるなんて、考えてもいなかったでしょうね。ああ、いい気味〉

自然と笑みがこぼれた。胸に蟠《わだかま》っていた重苦しいかたまりもすっかり消えていた。

「ふふ、ほんと。言ってやった。とうとう言ってやった」

込み上げてくる笑いを、千遥は抑えることができなかった。

以来、千遥は自分の変化に驚いている。

身も心も解放されて、爽快な気分だった。夜はよく眠れるし、食事もおいしい。毎日が楽しく、笑うことも多くなった。会社の人から「何かいいことあった?」と、聞かれ、エステでは「肌の調子がいいですね」と言われた。スポーツジムでは、いつもの三キロではなく五キロ走った。

ついに母を捨てたのだ、と、千遥は実感していた。呪縛はもうない。何をするにも、母はどう思うか、母にどう言われるか、考える必要はない。自由とはこういうことなのだ。今度こそ私は私を取り戻したのだ。

功太郎と会うのは久しぶりだった。

等々力駅近くの、こぢんまりしたビストロのカウンターにふたりで並んで座っている。功太郎は少し疲れた表情で生ビールを頼み、千遥はモヒートを注文し、メニューから何品か小皿料理を選んだ。

「この間は悪かったな、おかあさんが上京してるっていうのに、顔も出さずに」

「別にいいの」

あっさり言ったので、功太郎は少し驚いたようだ。

「あれ、怒らないんだ」

「どうして怒るの?」

「だって、ほら、おかあさんのこと、いつもものすごく気にしてるから、てっきり」

「ああ、前はね。でも、今はもうそうじゃないから」

飲み物が前に置かれる。乾杯をして、喉を潤した。

「私、あの人とはもう関係ないから」

「関係ないって、どういう意味？」

千遥は笑って答える。

「この間、上京して来た時に、今までたまってたものをみんなぶつけてやったの。子供の頃から私がどんなにひどい目に遭わされて来たかってことをね。それで、きっぱり縁を切ったの」

「へえ……」

功太郎が瞬きを返す。

「説明しても、わかってもらえないと思うけど、とにかくもういいの。あの人は無視して、結婚式の時期も会場も、私たちで好きに決めよう」

「本当にそれでいいのか？」

「もちろん。それより、いつ引っ越してくるの？」

「それなんだけど」と、功太郎が歯切れ悪く言った。

「独身寮なら空きがあるっていうから、とりあえずそっちに行こうかと思ってるんだ」

千遥は思わず功太郎を見返した。

「それってどういうこと？　せっかく仲林さんが貸してくれるって言ったのよ。じゃあ、何のために頼んだの。もともと言い出したのは功太郎じゃない」

「わかってる。それは申し訳ないと思ってるけど。でも、何かすっきりしないんだ」

「すっきりしない？」

功太郎はビールを一口飲んだ。しばらく間があって、千遥へと向き直った。

「聞くけど、千遥、仲林さんは女子大時代の友達の父親だって言ってたよな」

そうよ、と、千遥は頷く。

「その友達が大阪に嫁いだから、代わりにマンションを貸してもらってるって。千遥にとっては、東京の父親みたいな人だって、確かにそう言ったよな」

確認するように問う。千遥はグラスを置いて、顔を向けた。

「そうよ、それがどうしたの？」

「嘘だろ？」

「え……」

「仲林さんに娘はいない。息子がふたりいるだけだ」

「何を言ってるの？」

千遥の耳たぶが熱くなる。

「名刺をもらったろう。それでSNSを使っていろいろ調べてみたんだ。家族写真が載ってた。そこに娘はいなかった。『子供は息子ふたりで味気ない』なんてコメントもあった」

「馬鹿みたい、功太郎ったら、そんなの信用してるの？　SNSなんてでたらめのこと、いっぱい書いてあるじゃない。だいいち、何かすごく不愉快。調べるなんて、私を信用してないってことなの？」

「俺だって、そういうことをする自分が情けなかったよ。でも、あの時——」

功太郎が言葉を途切れさせた。

「覚えてないようだけど、仲林さん、千遥を呼び捨てにしたんだ。それまでずっと千遥さんって言ってたのに、酔った時、思わず『千遥』って」

「だから、それは娘みたいに思ってるからよ」

「そんな感じじゃなかった。少なくとも、俺には違うニュアンスに聞こえた。それに、ふたりだけに通じる会話とか、雰囲気とか、いくら鈍い俺だってさすがに気づくさ」

「まさか、私と仲林さんに何かあるっていうの？　笑っちゃう、そんなわけないじゃない。父親と同じくらいの年なのよ」

「でも、仲林さんに娘がいないのは事実だ」

「ううん、いる。彼女とはずっと友達だもの」

「だったら、今ここでその友達に電話してくれよ。それで、確かに仲林さんの娘だって、証明してくれよ。そしたら、俺も気が済むから」

千遥は氷が溶けたモヒートを手にしたままだ。いったいどうするのが最良の方法だろう。知り合いに代役を頼むか。相手の番号が変わったことにするか。スマホが壊れたと言ってしまおうか。

「つまり、功太郎は、私よりＳＮＳを信用するってわけね」

「電話、できないんだな」

「私、今、すごく傷ついてる。何でこんなことを功太郎に言われなきゃならないんだろうって」

「あのベッドで千遥と仲林さんが——なんて考えたらたまんないよ。住めるわけない。いくら俺だって、そこまで無神経にはなれないよ」

「勝手に決めつけないで」

「だったら、早く電話しろよ」

功太郎の口調が強張った。

「功太郎、結婚してくれって言ったのはあなたなのよ。私の生活に強引に入り込んで来て、勝手に部屋に居座ったのを忘れたの？　絶対に幸せにするって言うから、プロポーズも受けたの。それが、どうしてこうなるわけ？　何で、私を信じないの？」

「俺もそう思うよ。自分は度量の狭い男だって認める。ただ、俺は今、胸につっかえているものをすっきりさせたいんだ。こんな気持ちのままじゃとても結婚なんてできないよ」

以前の自分なら、どれほど狼狽《うろた》えていただろう。必死に言い訳を考え、どうしたら疑いを晴らせるか、懸命に策を弄《ろう》したに違いない。

けれど、今の自分は違う。私はもう、誰にも責められたりはしない。咎められたりもしない。

私は自由だ。何も怖くない。

「だったら、結婚、やめよう」

功太郎が身体を硬くするのがわかった。

「別に私は構わない。私のことを信用できない人と結婚したって、うまくいくはずがないもの」

「千遥……」

「帰る」

千遥はバッグを手にして席を立った。振り向かなかった。そんなことをしたら負けになってしまう。

外に出ると、思いがけず、高揚感が千遥を満たしていた。

私はこんなこともできるのだ。

実際にこんなことをした自分を自慢に思った。私はもう母だけでなく、誰に対しても、顔色を窺ったり卑屈な態度をとったりしない。そんな自分には二度と戻らない。

弟の宏和から連絡が入ったのは、それからしばらくしてからである。

「ねえちゃん」

いつになく声が緊張している。

きっと母が、私に許しを求めているのだろう。自分では言えないから、宏和を通してそれを伝えたいのだろう。でも、私は許さない。土下座したって許さない。母にされてきたことは、それくらいでご破算にできるはずがない。

「なに？」

「かあさんが、倒れた」

12　亜沙子

咄嗟に顔をそむけたが、遅かった。

「あらぁ、亜沙子ちゃん」

コンビニから出て来たおばさんに声を掛けられた。幼馴染みの陽子の母親である。まるで今気づいたように、亜沙子は愛想のいい笑顔を返した。

「あ、どうも、こんばんは」

「こんな時間まで仕事？」

「はい」

もうすぐ九時になろうとしている。

「ところで、結婚決まったんですってね。おめでとう」

やっぱり、と、亜沙子は気まずくなる。

「いえ、まだそんなんじゃ……」

「水臭いわねぇ、隠さなくてもいいじゃない。おかあさんのブログ、見たわよ。郊外に家を買って同居するんですって？　親孝行ねぇ」

母のブログは先走ってゆくばかりだ。先日アップした記事の中には《新居でのガーデニングが楽しみです。》などと書いてあった。

「引っ越しちゃうのは寂しいけど、仕方ないわよね。さすがに、マンションで三人一緒に暮らすのは狭いものね。同居なんて、息子の嫁さんとじゃ気を遣ってとてもできないけど、やっぱりうまくいくのはマスオさんのパターンね。私もそうするのが夢だったのに、うちの子ったら、さっさと海外にお嫁に行っちゃったでしょ、残念ったらないわ。いい娘さんを持って、おかあさんは幸せ者だわ。その上、庭付き一戸建なんて、ああ、羨《うらや》ましい」

どれだけ返答に窮しようと、おばさんは意に介さない。

「式の日取りが決まったら教えてね。何かお祝いさせて欲しいの。うちの子の時もいただいたんだし、何がいい？」

何を言っても無駄だろう。

「どうぞ、お気遣いなく」

「大したものを贈れるわけじゃないけど、リクエストがあったら遠慮なく言ってね」

おばさんと別れて、亜沙子は自宅マンションへと向かって歩いた。残業で遅くなる、夕食は済ませて来る、と出掛けに言ったが、この時間なら母は用意して待っているに違いない。

毎朝そそくさと家を出て、夜は遅く帰る。なるべく顔を合わさないよう、言葉を交わさないようにしている。でないと、「式はどうするの。新居はどこにするの」と、畳み掛けられるのがわかっているからだ。

マンションの前に立って、四階の部屋を見上げた。カーテンの向こうに人のシルエットが映り、それを認めたとたん、足が竦んだ。顔を合わせるのがたまらなく苦痛に思えた。亜沙子は踵《きびす》を返し、来た道を戻り始めた。

駅前まで行ってプロントに入り、ビールを頼んだ。店内はほどよく混んでいて、隅の丸テーブルでひとり飲む女になど誰も注意を払わない。亜沙子は濁った息を吐く。

早く母に告げなければとわかっている。その時、母はどんな反応を見せるだろう。怒るか、泣くか、取り乱すか。きっとそのすべてだ。そしてその後、必ず聞かれるであろう理由についても、亜沙子は悩んでいた。できるものなら、言いたくない。相手の性癖についてなど、母と話したくない。しかし、生半可な理由では母は納得しないに決まっている。あれだけ気に入った相手なのだ。

誰かに聞いてもらいたい、そんな思いが湧いて来た。浮かんだのは功太郎だった。彼だけがすべてを知っている。彼なら安心して話せる。けれども、それはできない。

まだグラス半分しか飲んでいないのに、酔いが身体を巡っていった。

田畑に別れを告げたあの夜、渋谷のバーで功太郎と会った。動揺が収まらず、まとまりのつかない亜沙子の話を、功太郎は黙って受け止めてくれた。言葉を見つけられなくても、急《せ》かすようなことはせず、辛抱強く待ってくれた。そんな功太郎の対応に、どんなに救われただろう。

ラブホテルに誘ったのは、亜沙子の方だ。

酔っていたから。そのせいにするのはずるいとわかっている。ただ、その時の亜沙子は、田畑とのセックスの記憶を消したいとの気持ちがあった。自分の身体に触れた最後の男が田畑であることに、吐き気を覚えるほどの嫌悪があった。

「無茶なことを言ってるのはわかってる。でも、もし聞き入れてくれるなら……」

亜沙子の言葉に、功太郎は押し黙った。

その沈黙が答えに思えて、瞬く間に、後悔が押し寄せた。

「ごめん。私ったら馬鹿みたいね。恥ずかしい」

亜沙子は俯いたまま言った。顔を上げられなかった。このまま帰って、と告げたのだが、しかし、功太郎は立ち去ろうとはしなかった。こらえていた涙が足元に落ちた時、功太郎が亜沙子の肩を引き寄せた。

「辛かったよな」

耳元の功太郎の声に、一気に涙が溢れ出る。

「それが君の望みなら、俺は構わないよ」

田畑との記憶を消したい、と思っていたのは確かだ。けれども、功太郎とそうなって、亜沙子は痛感していた。自分がいかに功太郎に惹かれていたか。それは、セックスに明確に表れた。功太郎の吐息も、キスも、舌の動きも、指遣いも、亜沙子を言い知れぬ恍惚へと導いた。シーツにまでシミが滲むほどに、身も心も功太郎を迎え入れて、達する瞬間には、大きな声が口から漏れた。

身体の反応があまりに率直で、自分自身が狼狽するほどだった。同時に、亜沙子は思い知らされていた。好きな男とのセックスは、こんなにも気持ちのよいものなのか。

ホテルを出ると「ありがとう」と亜沙子は言った。それ以外、ふさわしい言葉が見つからなかった。

「お礼を言われてもなぁ」

功太郎がおどけたように苦笑した。それが彼なりの気遣いだとわかっていた。

「もう、大丈夫だから」

「そうか、だったらよかった」

そして互いに笑顔で別れ、それぞれタクシーに乗ったのである。

ビールはすっかりぬるくなっていた。亜沙子はまたもや息を吐いた。そうなったからといって、功太郎に何かを求めたり、期待するような気持ちはない。彼には婚約者がいる。結納も済ませ、式ももうすぐ挙げる。そんなことは十分承知していた。だからこそ、ホテルに誘うなどという大胆な行動にも出られたのだ。

それでいて、その夜以来、功太郎から連絡がないことに傷ついている自分もいるのだった。恋でもなければ、何かの始まりでもない、それがわかっているのに、いったい自分は何に傷ついているのだろう。そんな自分に、亜沙子はうんざりしていた。

結局、家に着いたのは十一時を過ぎた頃だった。

そうっと鍵を差し込んだつもりなのに、金属音がやけに大きく響いて、思わずびくりと身体を震わせた。そろそろとリビングに顔を覗かせると、そこに母の姿はなくて、ほっと胸を撫で下ろし、足音を忍ばせて自室に入った。

順番から言えば、まず母に伝えるべきだとわかっていた。けれども、亜沙子は先に会社に報告した。それは自分に枷《かせ》を嵌《は》めたかったからだ。母から何を言われようとこの決心が覆ること はない、と、自分に戒めておきたかった。

婚約解消、という言葉を口にすると、チーフデザイナーの路子は目を見開いた。

「どうしたの、何があったの？」

「お騒がせして、申し訳ありません。いろいろあって、その結論に至りました」

「そう、残念だったわね……。ううん、それならそれでいいの、プライベートなことなんだからとやかく言うつもりはないの。今まで通りに仕事を頑張ってくれればそれでいいんだから。とにかく、元気出してね」

さすがに、事情を聞くのははばかられたようだ。

「私から総務の方にも伝えておくから」

「よろしくお願いします」

亜沙子は頭を下げて、自席に戻った。

総務課長は、父親ほどの年齢である。破談なんて女にとって最大の不幸と思うに違いない。こんな結果になるなら、婚約したなどと告げなければよかったと後悔するが、それも仕方ない。

昼食時、いつものように会議室に女性社員たちが集まった。破談の件は今日中に総務に連絡が行く。三日もすればみなに知れ渡るだろう。それくらいなら、自分から告げた方がいいと思った。

みなと一緒に昼食をとりながら、亜沙子はどう切り出そうか頭を巡らせた。暗い話にはしたくない。けれど、それは無理だろう。婚約解消という言葉は、どう考えても後ろ向きの響きしかない。

智子は相変わらず合コンの話で盛り上がっている。理系の男は話が退屈だとか、体育会系はデリカシーがないだとか言って、みんなを笑わせている。そんな智子が、ふと顔を向けた。

「いいなぁ、亜沙子先輩たら余裕なんだから。もう、式の日取りは決まったんですか?」

いいきっかけだと思った。

「あのね、それなんだけど、実は結婚、なくなったんだ」

できるだけ、さりげない言い方をしたつもりである。けれど案の定、しんと部屋が凍り付いた。

「え……それ、どういうことですか?」

目を丸くして智子が尋ねた。

「恥ずかしい話なんだけど、いろいろあって、結局、白紙に戻ったの」

みなの視線が集まっている。想像通り、驚きが好奇心に変わってゆくのが、手に取るようにわかった。

「でも、何で。いったい何があったんですか?」

口籠っていると、見兼ねたように路子がたしなめた。

「智子ちゃん、そういうことを聞くのはどうかと思うよ。亜沙子さんだって、大変な思いで決めたことなんだから」

「そうだけど……。でも、わかんない。あんなに幸せそうだったのに」

亜沙子は殊更明るく答えた。

「お見合いだったから、お互いをよく知る前に勢いで婚約しちゃったのね。いろいろ話しているうちに、ようやく実際のところが見えて来たっていうか」

「性格の不一致ってやつですか？」

「まあ、そういうことになるかな」

性格の不一致、本当に便利な言葉だと思う。

「そうかぁ」と、ため息まじりに、智子は椅子の背にもたれかかった。

「やっぱりスピード婚ってリスクがあるのかなぁ。二年とか三年とか、長く付き合った相手の方が安心なのかなぁ。となると、私の結婚もまだまだ先になりそう」

別の先輩女性が口を開いた。

「時間をかければいいってものでもないけどね。何年付き合っても、結婚してから『この人ってこういう性格だったの？』なんて思うことあるもの。私の友人なんか、学生時代から十年以上付き合って、とことん理解し合ったつもりで結婚したのに、たった半年で別れちゃったしね」

「じゃあ、相手を見極めるにはどうしたらいいんですか」

「そうねえ、難しい問題よねえ。まあ、運というしかないいんじゃないの」

「運なんて。結婚ってそんなあやふやなものなんですか」

「そうよ、結局、そんな程度のものなのよ。むしろ、それくらいに思っておいた方がいいと思う。亜沙子ちゃん、結婚前でよかったじゃない。これが結婚してからだったら、手続きとかものすごく大変になるからね。気にしない、気にしない。そんなの珍しい話でも何でもないんだから。世の中にはそんな人、山のようにいるから」

亜沙子は少し気持ちが軽くなった。どこかで、人生の落伍者になったような気がしていたが、私は不幸になったわけじゃない。むしろ、不幸を回避したと言えるはずだ。


その週末、ようやく母に告げる決心がついた。

昼少し前。ベランダから薄ぼんやりした陽の光が差し込んでいる。遅い朝食をとり、後片付けを済ませた後だった。亜沙子は、ダイニングテーブルに新聞を広げている母の向かいに座った。

「おかあさん、ちょっといい?」

亜沙子の態度に何か感じるものがあったのか、母は几帳面に新聞を畳んだ。

「どうしたの?」

「田畑さんのことだけど」

「ええ」

亜沙子は息を整えた。

「実はふたりで話し合って、結婚はしないことにしたの」

母は目を見開き、みるみる表情を変えた。

「何を言ってるの。結婚しないって、どういうことなの」

「ちょっと、いろいろあって」

「いろいろって何なの」

「まあ、だから、いろいろ……」

「そんな大事なこと、かあさんにひと言の相談もなしに、勝手に決めたっていうの」

「それは申し訳ないと思ってる」

「どういうつもりなの。亜沙ちゃん、田畑さんのどこが不満なの」

「不満っていうか、話し合った結果、やっぱりお互いに無理だって結論になったの」

「どこが無理なのか、かあさんにはぜんぜんわからない。わかるようにちゃんと説明してちょうだい」

言わずに済ませられるものならそうしたい。田畑の性癖など、口にするのもおぞましい。ためらう亜沙子に母が苛立ちを募らせていった。

「結婚なんて、最初から完璧なわけないでしょう。互いに足りないところがあって当たり前なの。それをふたりで、話し合ったり譲り合ったりしながら、少しずつ夫婦になってゆくものなのよ」

「わかってる」

「いいえ、あなたは何もわかっちゃいない。ひとりっ子だから、協調性ってものが身に付かなかったのね。だからって、もう子供じゃないのよ、もっと大人としての自覚を持たなくちゃ」

「私だって、いちいち相手の細かいところに難癖《なんくせ》つけるつもりはないの。我慢が必要だってこともわかってる。でも、人にはどうしても譲れないところがあるでしょう？　これだけは絶対に許せないってところが」

「だから、それは何なの」

亜沙子は口籠る。

「ちゃんと言いなさい」

母の声が裏返った。ここまで来た以上、亜沙子も覚悟を決めざるを得なくなった。

「わかった。だったら言う。ただ、おかあさんにとってもすごく不愉快な話だから、嫌な気分になると思う。それは覚悟して聞いて」

「何なの、いったい」

母の顔に不安が広がってゆく。

「この間、田畑さんのアパートに行った時、パソコンを見たの。そこに、いろんな画像が入ってた。何て言えばいいんだろう。おぞましいとしか言いようのない画像」

「おぞましい？」

「小さい女の子のポルノ画像よ。盗み撮りとか隠し撮りとか、直視できないようなひどいのもあった。そんなのがいっぱい保存されてたの。それ見て、心底ぞっとした」

「まさか……」

「私も最初は信じられなかった」

母は自分を落ち着かせるかのように、姿勢を正した。

「そんなの、興味半分なんじゃないの？　男の人なら誰だって、そういう画像に手を出してしまうことぐらいあるでしょ」

「おかあさんは、実際にその画像を見てないからわからないのよ。相手は子供よ。まだ十歳にもならないような女の子のあんな画像を観て、あの人は興奮してるの。そんな男と一生を共にする気になれる？　私は嫌、絶対に無理」

「何も、田畑さんがそういう画像を撮ったわけじゃないんでしょう、ただ観てるだけなんでしょう？」

「観る人間がいるから、撮る人間も出て来る。不正なサイトから買っているのは明らか。すでにそれが犯罪よ。結局は共犯ってことだもの」

母が当惑したように視線を泳がしている。

「でも、あの田畑さんが、信じられない……」

「私もそうだった」

「何かの間違いだってことはないの？」母がすがるように顔を上げた。

「たまたまそういう画像が送り付けられて来たとか、そういうこと、パソコンにはあるでしょ。ほら、迷惑メールとか」

「おかあさんがそう思いたいのはわかる。私だってそうであって欲しかった。でも、そんな程度じゃない。ものすごい量があった。それに、田畑さん、認めたから」

「認めた?」

「そう、自分にそういう趣味があるってこと」

息が抜けるような声を漏らして、母は黙り込んだ。肩が前に落ちて、背中が丸くなっている。亜沙子よりも、もしかしたら母の方が衝撃は深かったかもしれない。自分が娘のために選んだ結婚相手が、実は児童ポルノにはまるような男だった。それは驚きだけでなく、罪悪感を伴って母を傷つけるはずだ。

どれくらいそうしていたのか。空気が薄くなったように息苦しい。母はひたすら考え込んでいる。微動だにしない。そんな母を見ているのがたまらなく辛かった。母もきっと、亜沙子と向き合っているのは耐え難いに違いない。

「私、ちょっと出て来る」

互いに、しばらくひとりになる時間が必要に思えた。母は答えなかったが、亜沙子は自室に行って用意を整えた。戻っても、母はやはり同じ姿勢で座っていた。

外に出ると、鉛のような重苦しい疲れが押し寄せて来た。

とりあえず新宿に出てみたが、どこにも行く当てはない。デパート巡りをする気にもなれず、迷って映画館を選んだ。上映時間が近い映画のチケットを買い、ロビーで十分ほど待っていると、観終わった客が出て来た。入れ替わりに中に入り、真ん中辺りの席に腰を下ろした。

映画はぜんぜん面白くなかった。というより、スクリーンを観ていても、少しも頭に入ってこなかった。

二時間ほど過ごして外に出ると、街はすでに夕方の気配に包まれていた。駅に向かって歩き始めたが、母の姿を思い出すと足取りが重くなった。帰った時、母がまだ同じ姿勢で座っていたらどうしよう。想像がつくだけに気が滅入った。

ドトールに入って、空いている席に座った。ほとんどひとり客だ。みなそれぞれにスマホを手にし、ゲームやメールをしている。

亜沙子はふと、功太郎にメールを送ろうかと考えた。自分から連絡すれば負担に思われるのではないか、何か意味があると勘ぐられるのではないかと、案ずる気持ちがあった。けれども、そう考えること自体、意識しているとも言える。何より、功太郎はもうすぐ結婚する。

亜沙子はスマホを取り出した。

『報告です。すべて終わりました。これで肩の荷が下りました。いろいろと力になってくれてありがとう。すごく感謝してます。私はこんな結果になってしまったけれど、あなたはお幸せに』

送信して、息をついたところで、電話が鳴った。表示は功太郎となっている。あまりに早い反応にびっくりした。

「もしもし」

「俺だよ。気になってたんだけど、自分から連絡していいものかずっと迷ってたんだ。メール読んでほっとしたよ」

それなりに、功太郎も気を遣っていたのだろう。

「ありがとう。私はもう平気だから」

「そうか。でも、今度は俺が参ってる」

「え……?」

「あれから、いろんなことがあって、俺たちの結婚も駄目になるかもしれない」

「何があったの?」

短い間があって、功太郎が言った。

「今から、会えないか」


功太郎が指定したのは、新宿駅の南口にある居酒屋だった。

まだ外は明るいが、亜沙子もその方が気楽だ。お互いに素面《しらふ》で顔を合わせるには、やはりまだ気まずさがあった。

母には「遅くなるから」とメールを入れた。いつもはすぐに返事があるが、ないのは母もまだ混乱しているのだろう。

約束の一時間後、店に入ると功太郎はすでに来ていた。店員の「いらっしゃいませ」の声で、奥の方から、身体を乗り出すように手を上げた。テーブルごとに背の高い仕切りがあって、客たちの会話が聞こえないような造りになっている。功太郎がこの店を選んだ理由がわかる気がした。

功太郎の前に置かれた生ビールはすでに半分ほどに減っていた。

「ごめんな、わざわざ来てもらって」

顔を合わせても、落ち着いている自分に安堵しながら、亜沙子は向かいの席に腰を下ろした。

「いいの。私の時だって付き合ってくれたんだもの。それより、結婚が駄目になりそうってどういうこと？　何があったの？」

うん、と、功太郎が頼りなげに頷く。それでもすぐ話す気になれないらしく、しばらくビールを飲んだり、お通しのきんぴらをつついたり、ため息をついたり、髪をかき上げたりした。ようやく言葉を発したのは、ゆうに三分はたってからだった。

「彼女、あの人と付き合ってたみたいなんだ」

亜沙子はグラスを持つ手を止めて、功太郎を見つめ直した。

「あの人？」

「彼女が住んでいたマンションの借り主だよ。近々、そこに引っ越すつもりでいたんだ。等々力渓谷公園近くの、すごくいいマンションで、彼女は友達の父親から借りてるって言ってた。だけど、嘘だった。つまり、その男と付き合ってたんだ。マンションはふたりの愛の巣だったってわけだ」

「まさか……本当にそうなの？　思い違いってことはないの？」

「ちょっと考えればわかることだったんだよ。マンションだけじゃない、契約社員なのに高級ブランドを持って、エステやらネイルやらって贅沢して、そんなお金、持ってる方がおかしいよ」

新しい客が入って来た。厨房から醤油の焦げる匂いが漂って来る。店員ががちゃがちゃと音をたてて食器の用意をしている。

「それ、どうしてわかったの？」

「この間、三人で会ったんだ。その時、何となく違和感があった。その男が酔って彼女を呼び捨てにしたり、何ていうのかな、雰囲気っていうのかな、その男の彼女を見る目とか、逆に彼女のどこか甘えた口調とか、ふたりだけに通じる会話とか、何か変だなって思ったんだ。それでちょっと調べてみた。調べるっていったってフェイスブックを覗いたりしただけなんだけどさ。我ながら情けないことやってるなって思いもあった。でも、何もなければすっきりできるんだから、もやもやしてるより、はっきりさせた方がいいと思ったんだ。それで、わかったのは、その男に娘はいないってことだった。それなのに、彼女はあくまで男の娘と女子大の時から友達だって主張するんだ。だったらその友達に電話して、本当かどうか証明しろって言ったら、彼女、逆切れしてさ」

言ってから、功太郎は残っていたビールを飲み干した。

「急に、自分を信用しない男となんか結婚できない、なんて言い出した」

それから店員にビールを注文した。

「お互い、もういい年なんだから、そりゃあ過去には何かあったろうさ。でも、俺と付き合っているのに、愛人関係を続けていたのだとしたら神経を疑うよ。ましてや、彼女がその男と寝ていたベッドで、俺ともそういうことをしていたなんて、考えただけでたまんない」

それからふと思い出したように、情けない声で言い訳した。

「いや、彼女のことばかり責められないのはわかってるんだけど……」

亜沙子は首を振った。

「あれは、あなたのせいじゃない。私がいけなかっただけ。ごめん、忘れて、何もなかったことにして」

功太郎が神妙に頷く。

「だから、自分のことを棚に上げて、こんなこと言うのは身勝手だとわかってる。でも、何か、割り切れないいんだ。それで、もっときちんと話し合おうと思って電話したんだけど、彼女は出ようともしない。メールを送っても返事はなくて、完全に拒否されてる」

亜沙子は何も言えなかった。どう答えていいのかわからない。

「もう、最悪だよ」

疲れたため息を漏らして、功太郎は肩を落とした。あとはお互い黙ったまま、時間だけが過ぎていった。

それから五日がたった。

母との間にぎくしゃく感はあるが、とりあえず平穏な日常が戻っていた。母は、田畑のことをひと言も口にしなかった。さすがにショックだったのだろう。ブログを覗いても、ここのところ更新は途絶えていた。

食卓での会話は少ないが、それは仕方ない。気持ちを整理するには、どうしたって時間が必要だ。

あの夜、功太郎はずいぶんと酔ったが、最後には「話を聞いてもらって気が楽になった」と言って帰って行った。あとはふたりの問題だ。亜沙子にできることなど何もない。

今朝、出掛けに母が聞いた。

「帰りは何時頃になる？」

母も、亜沙子と修復がしたいのだろう。母娘喧嘩の後、母はよく亜沙子の好物を作って待ってくれていた。今夜もそのつもりでいるのだろう。亜沙子にしても、もうこれ以上、この件を長引かせたくなかった。

「なるべく早く帰って来る。七時頃になるかな」

亜沙子の方も、母の好きなロールケーキを買って帰ろう、と考えていた。

残業はせず、約束通りの時間に亜沙子は帰宅した。玄関に入ると、三和土《たたき》に男物の靴があった。思わず足を止めた。まさかと思いながら居間に入ると、ソファに田畑が座っていた。

「どうして……」

田畑は、亜沙子の視線を避けるように俯いている。

「おかあさん、これってどういうこと？」

「おかえり」

母が言う。

「いったい何なの、何でここに……」

母が少し上擦った声で答えた。

「こういうことは、やっぱり顔を合わせてきちんと話した方がいいと思ったの。今日、田畑さんといろいろ話をさせてもらって、お互い誤解があるってよくわかったわ。このまま終わりにしてしまったらきっと後悔する。さあ、そんなところに立ってないで、こっちに来て座ってちょうだい」

「おかあさん、悪いけど帰ってもらって。もう、話をすることなんて何もない。何を聞いたか知らないけど、田畑さんとはきちんと決着が付いてるの。そうよね、田畑さん、それでいいのよね」

田畑は何も答えない。

「亜沙ちゃんが許せない気持ち、私にもわかるわ。同じようなこと、私にもずいぶん前にあったのよ。おとうさんの鞄の中に、裸の女の人ばかりが載ってる雑誌を見つけた時はそりゃあショックだった。でもね、時には大きな目で見てあげることも必要なんじゃないかしら。かあさん、あれから考えてみたの。きっと田畑さんには大きなストレスとか、子供の頃のトラウマとか、何か原因があると思うのね。でもね、調べてみたら、それってカウンセリングを受ければ治るらしいのよ。今はそういう方面の治療も進んでるでしょ。でね、それを受けてくれないかって頼んだら、快く承知してくれた。それ聞いて、いちばん辛いのは亜沙ちゃんでも私でもなくて、田畑さんだったんだって、かあさん、よくわかったの」

亜沙子は肩で息をついた。

「カウンセリングを受けるのなら、そうすればいい。でも、私はもう決めたの。結婚はしない」

何があろうと、あの画像が頭から消えることはない。

「人生にはいい時もあれば、悪い時もあるものよ。こういう苦しい状況を乗り越えてこそ、いい夫婦になれるんじゃない」

亜沙子は呆れ果てている。どころか、空恐ろしくさえなっていた。母はまだ、この男との結婚を推し進めるつもりなのか。

「田畑さん、申し訳ないけど、帰ってくれますか」亜沙子は静かな口調で言った。

「母とふたりで話しますから。お願いします」

母が遮った。

「亜沙ちゃん、失礼よ。田畑さんを呼んだのは私なんだから。私のお客さまでもあるのよ」

「だったら、私が出てゆく」

亜沙子は強く返した。頭の中ははち切れそうなくらい憤りが充満していた。あれだけ話したのに、母はまだ私の我儘と思っている。

「いえ、僕が帰ります」

田畑がソファから立ち上がった。

「でも、田畑さん」

母が引き止める。

「申し訳ありませんでした。もう何をしたって、亜沙子さんと元に戻れないのはわかっていました。それなのに、のこのこ来てしまった自分が恥ずかしいです」

「いいえ、恥ずかしいのはこちらの方よ。あなたがこんなに謝っているのに、許せないなんて、何て心の狭い子かしら。亜沙ちゃん、あなたいったい何さまのつもりなの。自分は欠点のひとつもない人間だとでも思ってるの。傲慢になるのもいい加減にしなさい」

返す言葉も見つからない。

「失礼します」

田畑が玄関へと向かって行く。やがてドアが閉められ、足音が消えて、亜沙子はようやく母に身体を向けた。

「おかあさんが何を期待してるのか知らないけど、私は何があっても、あの人とは結婚しないから」

「どうしてよ」

「だってありえないでしょ。あんな男なのよ。おかあさんこそ、どうしてわかってくれないのよ」

「わからない、わからないわ」

母は激しく首を振った。

「だったら、あの人に画像を見せてもらえばいい。あれを見たら、おかあさんだって私と同じ気持ちになるはずよ」

「だから、それはカウンセリングで」

「もう、やめて。しないったら、しない。絶対に結婚なんてしない」

母が亜沙子を見つめ返した。その表情は蒼白だ。

「今まで、あなたのためだけに生きて来たのに……。あなたを育てるためにどんなに大変だったか、そのことみんな、わかってくれてると思ってたのに……」

「わかってる、それは有難いと思ってる。でも、それとこれとは別の話でしょ」

「お金が苦しくても、必死に働いて四年制の大学に入れてあげた、再婚話だって、亜沙ちゃんが嫌がるから諦めた、みんな亜沙ちゃんのため、亜沙ちゃんの幸せのため、それだけを願って来たのに……」

母が涙を指先で拭う。その仕草にひどく作為が感じられて、亜沙子は思わずぞっとした。

「恩着せがましいことばかり言わないでよ。今頃になって育てるのが大変だったって言うなら、私を施設にでも里子にでも出せばよかったじゃない」

「何てことを……」

言いすぎだとわかっていたが、いったん走り出した口は止まらない。

「結局、おかあさんは、女手ひとつで娘を育てている自分に酔ってたのよ。頑張ってる自分、苦労してる自分、娘のために犠牲になる自分、そういう状況が好きなの。周りから、いいおかあさんって評価されたかっただけなのよ」

「ひどい……」

母がふらふらと立ち上がり、台所に向かって行った。

「亜沙ちゃんが、かあさんのことをそんなふうに思ってたなんて……」

肩を落として流し台の前に立つ。

「もう、いいわ……」

母は呟き、ゆっくりと振り向いた。その手に包丁が握られているのを認めて、亜沙子は息を呑んだ。

「もう、何もかも、どうでもいい……」

母が包丁で左の手首を切りつけた。

「おかあさん！」

だらりと下ろした手の先から、ぽたぽたと血が流れ落ちてゆく。見る間に床が赤く染まっていった。

13　千遥

一瞬、死んでいるのかと思った。

ベッドに横たわる母は、血の気がなく、閉じた目は落ち窪み、皮膚がかさついていた。知らない老婆のようだった。

「ねえちゃん……」

枕元に座っていた宏和が、情けない表情で立ち上がった。

「脳梗塞だった」

千遥は無言で頷く。

「昨日、家に帰ったとうさんが、台所で倒れているかあさんを見つけたんだ。すぐ、救急車を呼んだんだけど、倒れてからかなり時間がたってたらしくて、血栓を溶かす薬も間に合わなくて」

「それで、どうなるの？」

「何とか命は取り留められたけど、出血したところがあまりよくなくて、障害が残る可能性が高いって」

「障害って、どんな？」

「詳しいことは、目が覚めてみないとわからないらしいけど」

千遥は母を見下ろした。先日、上京して来た時は溌剌《はつらつ》としていた。天ぷら蕎麦をぺろりと平らげ、言いたい放題に千遥をこき下ろした。あれからひと月もたっていない。それがこの変わりようだ。

しかし、可哀想だなんて、千遥は少しも思わなかった。あの時、私にあんなひどいことを言ったバチが当たったのだ。私を子供の頃から虐《しいた》げてきた報いだ。

「さっきまでＩＣＵに入ってたんだけど、落ち着いたから個室に移ったところ」

「とうさんは？」

「仕事に戻った。今度、駅前にマンションが建つんで、分譲の割り当てがあるんだ。どうしても顔を出さなきゃいけない会合があって」

「そう」

「で、俺も今から業者との打ち合わせに行かなくちゃいけないんだ。だから、ねえちゃん、あとは頼む」

宏和はもう、足元に置いてあった手提げ鞄を手にしている。

「ちょっと待ってよ、頼むなんて言われても」

「付き添っているだけでいいんだ。何かあったら、その呼び出しボタンを押して、看護師さんを呼べばいい。じゃ、急ぐから、よろしく」

そう言って、宏和は足早に病室を出て行った。

午前十時を少し回ったところである。朝いちばんの新幹線に乗り、駅から病院に直行した。

一刻を争う状態ではないとわかっていたら、もう少し後にしてもよかった、と思う。

千遥はベッド脇の丸椅子に腰を下ろした。母の身体には点滴の管や心電図の機械のコードが繋がれている。ベッドの下側に透明の袋がぶら下がっていて、三分の一ほど黄色い液体がたまっていた。

会社には六日の休暇を申し出た。今週末も含めれば一週間の休みだ。その時は、正直なところ、もしかしたらと考えていた。喪服は持っていないから、近くのショッピングセンターで買わなければ、靴とバッグも揃えなければ、と頭を巡らせた。しかし、宏和の言葉からしてそれはなさそうだ。

することは何もない。ただ、ベッドの横に座っているだけだ。時折、廊下を医療用ワゴンが過ぎてゆく。患者や、病院スタッフらしき人たちの声が行き交っている。母はぴくりとも動かない。

一時間ほどして、年配の看護師がやって来た。千遥は椅子から立ち上がり、お世話になります、と、頭を下げた。

「娘さん?」

「はい」

看護師は機械の数字をチェックし、カルテに書き込むと、昏睡している母に顔を寄せて話し掛けた。

「こんなりっぱな娘さんが来てくれたんだから、もう安心ね」

その言い方に、まるで親孝行な娘という役割を押し付けられたような気がして、釈然としなかった。しかし黙っているしかない。

父が現れたのは午後四時過ぎである。

「千遥、わざわざ悪かったな」

父も動揺は隠せない。急に老け込んだように見えた。

「まさかこんなことになるとは思ってもみなかった。昨日の朝まで普段通りだったのに、帰って来たらこの有様だからな。人生、何が起こるかわからんもんだ」

父が声を湿らせる。普段通りの母。それは、千遥にとってもっとも思い出したくない母だが、父にとっては平穏な日常の象徴そのものなのだろう。

「荷物もあるだろうし、おまえはいったん家に帰ってくれ。あとは私が付き添うから」

言われた通り、千遥はキャリーバッグを手にした。

「飯の用意を頼む」

早速食事作りか、とうんざりしたが、さすがに口にはできない。

父から鍵を受け取って、実家に戻った。千遥の部屋は相変わらず物置になっている。客間で荷物を解き、ラフな服に着替えた。ひと息ついて冷蔵庫を開けてみたが、大したものは入っていない。近くのスーパーに買出しに出掛けた。

カートを押しながら売り場を回っていると、近所のおばさんと顔を合わせた。

「千遥ちゃん、帰省したのね、おかあさんの具合はどう？」

もう近所に知れ渡っているらしい。救急車を呼んだというなら仕方ないだろう。

「少し、落ち着いたようです」

無難に答えておく。

「脳梗塞って聞いたけど、ほんとなの？」

「まあ……」

「やっぱりそうだったんだ。まだ、そんな年でもないのにねえ」

立ち止まったままだともっと詮索されそうで、急ぎますので、と、そうそうに退散した。

簡単な夕食を作り、父と宏和の帰りを待った。時間が過ぎるのがやけに遅い。家の中はがらんとしている。まるで、知らない誰かの家に紛れ込んだようだった。ここで十八歳まで暮らしたなんて信じられない。記憶がないわけじゃない。ただ、この家のどこにも、温かい思い出などひとかけらも残っていなかった。

母が意識を取り戻したのは、三日後である。

目は覚めたものの、しかし、母はもうかつての母ではなかった。右半身麻痺と失語、そして脳血管性認知症の後遺症が残ったのだ。医師から告げられた時、父は頭を抱え、宏和は目尻を拭い、千遥は自分の足元をじっと見ていた。今後の治療は、薬剤療法とリハビリテーションになるという。

無言のまま、三人で家に戻った。互いに、何をどう話せばいいのか言葉が見つからなかった。途中コンビニで買った弁当を、重苦しげにつつきながら、父がぽつりと「医者から注意されてたのに、放っておくからだ」と、腹立たしげに呟き、宏和は「もっと早く発見できていたら」と、情けない声でうなだれた。

何を悔やんでももう遅い。母は元の母には戻らない。リハビリを続ければ改善が期待できる、まだ若いのだから可能性はある、と医師は言ったが、それはあくまで改善であって、回復ではない。

その夜、功太郎から電話があった。あの日から何度も電話やメールがあったが、千遥は無視を決め込んでいた。

出ようか迷った。出るというのは、負けるのと同じだ。私はもう誰にも負けたくない。それでも鳴り続く呼び出し音に、根負けしたように千遥は通話ボタンを押した。

「はい」

「ああ、俺」

声は硬い。千遥は黙っている。功太郎は、謝りの言葉を期待しているのかもしれない。しかし、千遥にそのつもりはない。

「何で、ずっと出ないんだよ」

「そんな気分じゃなかったから」

「開き直るのか」

「そう取るなら、別にそれで構わない」

「そんな言い方はないだろう」

「言わせてるのは、功太郎でしょ」

不毛な言葉の応酬が続く。

「とにかくだ、どうするにしても、もう一度話す必要があるだろう。このままでいいはずがない。もう結納だって済ませたんだし、解消するにしたって、お互い責任ってものがある」

それはもっともな話だと、千遥も思う。

「明日、時間あるか？」

「明日は無理」

「じゃ、あさっては？」

「それも無理。私、今、実家にいるから」

えっ、と、功太郎が声を上げた。

「何で？」

「母が倒れたの。脳梗塞だって」

功太郎は絶句した。

「だから今週いっぱいはこっちにいるつもり」

「何だよ、そんな大事なこと、どうしてすぐに言わないんだよ」

「だって」

「それで、おかあさんの容態はどうなんだ？」

「とりあえず命には別状はないって」

「そうか」

安堵の息遣いが耳に伝わってくる。

「今はこんな状態だからこっちにいるしかないの。東京に帰ってからまた連絡する。じゃ」

おい千遥、と、功太郎の呼び声が耳をかすめたが、千遥は最後まで聞こうとはせず、素っ気なく電話を切った。

布団に入ってもなかなか寝付かれなかった。千遥は庭に続くガラス戸を開けて、縁側に腰を下ろした。風が心地よい。見上げると、中途半端に欠けた月が、薄雲の中、曖昧な輪郭で浮かんでいた。

〈あのかあさんが、こんなことになっちゃうなんてね〉

ミハルが隣に座っていた。

千遥は膝に両腕を乗せて頬杖をついた。

草陰から、ジージーと虫の鳴き声が聞こえて来る。

「ほんと」

〈かあさんの姿を見て、どう思った？　同情した？〉

「まさか」と、千遥はきっぱりと答えた。

「そんなこと思うわけがないじゃない。子供の頃からあれだけひどい仕打ちをされたのよ。それに、血圧が高いことも、血糖値の数値も悪いってわかってるのに、食事に気をつけるわけでもなく、好きなものを食べて、運動もしないで、家でぐうたらしてばかりだったんだから、自業自得よ」

〈冷たい娘ね〉

「そう思われても、ぜんぜん構わない」

ミハルがくすくす笑った。

〈もう、かあさんはろくに身体も動かせないし、話もできない。何の力もない子供と同じになっちゃった〉

「そうね」

〈ねえ、今なら敵《かたき》を取れるんじゃない？〉

千遥はミハルに顔を向けた。

〈今までされて来たことの仕返しをする、絶好のチャンスなんじゃないの〉

ミハルは目を細めて、薄い氷のような笑みを作った。


翌日、驚いたことに功太郎がやって来た。

「今、駅に着いた」と、スマホに連絡が入った時、思わず「どこの？」と、尋ねた。まさか来るなんて思ってもいなかった。昼前には花束を抱えて病院に現れ、母の前で深く頭を下げた。

意識が戻ったとはいえ、母は功太郎の顔も認識できなかった。父や宏和や千遥に対してもそうなのだから仕方ない。ほとんど反応を示さない母の姿に、功太郎は大きなショックを受けたようだった。

「まさか、ここまで大変なことになってるなんて……」

「発見が遅れたから」

「でも、リハビリすればよくなるんだろう？」

「まあ、少しはそうだろうけど。でも、どうかな。たぶん、無理なんじゃないかな」

功太郎は怯えたような目を向けた。それから神妙な顔つきで、千遥の隣の椅子に腰かけた。

しばらくの間、ふたりとも無言のままだった。重苦しい気配の中、機械音だけが規則正しく続いている。

「何て言っていいのか……」

ようやく功太郎が口を開いた。

「正直言うと、ここに来るまで結婚はやめた方がいいと思ってたんだ。とてもじゃないが、この状態でやっていけるはずがないって。でも、おかあさんの姿を見たら、こんな大変な時に、そんな親不孝をしてもいいのかって気になった。もしかしたら、おかあさんが俺たちの仲を取り持つためにこんなことになってしまったんじゃないか、なんて気もした」

「まさか、そんなわけないじゃない」

「それはそうだけど、気が咎めるっていうのはあるんだよ」

功太郎はひとつ大きく息を吐いた。

「考えてみれば、お互いもう子供じゃないんだから、何やかやあって当たり前だよな。千遥の言った通り、マンションに強引に押し掛けたのは俺だし、このまま借り続けられるよう頼んでくれって言ったのも俺だ。千遥にしたら、それでますますあの人とケリが付けられなくなったところがあったと思う。そういうの、俺はぜんぜん気が回らなかった」

そして、功太郎は身体を向けて、決心したように言った。

「こんなおかあさんを前にしてたら、自分が今、頭を悩ましてることなんてどうでもいいことのように思えてきたよ。なあ、千遥。やっぱり俺たち、結婚しないか」

顔を向けると、功太郎が唇をぎゅっと結んでいた。

千遥は自分が優位に立てたことに満足していた。原因が何であれ譲歩するつもりなどなかった。相手が誰であろうと、顔色を窺ったり、下手に出たり、ご機嫌を取るなんてことはしたくない。へりくだる自分は、母だけで一生分を使い果たしている。

「功太郎はそれでいいの?」

「うん、それでいい。いや、それがいちばんなんだ」

何だかんだと言いながら、功太郎はやっぱり私のことが好きなのだ。

「だったら、私もそれでいいけど」

千遥は少しもったいぶって答えた。

父が現れたのは、それからしばらくしてからである。

「功太郎くんじゃないか、わざわざ来てくれたのか。ありがとう」

父はよほど嬉しかったらしく、功太郎の手を力強く握りしめた。

「もう、びっくりするばかりで……。この前お会いした時はあんなにお元気だったのに……」

「私も、あまりに突然のことで、何をどうしていいやらあたふたするばかりで」

「そうでしょうね」

「私と宏和は仕事があるし、そうそう付き添ってもいられない。とにかく、千遥に帰ってもらって助かってるよ」

互いに言葉は少なかった。この状況で世間話などできるはずもない。

「こんな時に何ですが、実は僕、ノルウェーのオスロへの転勤が決まりました」

唐突に功太郎が言った。千遥は目をしばたたいた。

「そうなの？」

「ああ」

「何ですぐに言ってくれないのよ。いつ？」

「三カ月後だ。俺も辞令をもらって、びっくりしてる」

「そうか、転勤か」と、答えたのは父だ。

「じゃあ、早く式を挙げなきゃな」

「それについて、ご相談させてもらいたいことがあるんです。本当にこんな時にすみません。もっと落ち着いてから、ゆっくりと時間をかけてお話しすればいいんでしょうけど、転勤が決まってバタバタしてて、今日も夕方の新幹線には乗らなくちゃならないんです。本当に申し訳ありません」

三人で病院の一階にある食堂に行き、テーブルを囲んだ。自動販売機でコーヒーを買ったが、水っぽくてどうにも飲む気になれない。

「できたら、転勤には千遥さんも一緒に来てもらいたいと思っています」

功太郎が父に告げた。

「もちろんだ。こちらのことは気にしなくていい。どうぞ、連れて行ってくれ。かあさんのことはこっちで何とかするから、君が気にすることはない」

功太郎はほっとしたように表情を和らげた。

「そう言っていただけると有難いです。よろしくお願いします。でも、その前に、何か少しでも役に立てるようなことはないかと思ってます」

「それはどういう?」

「結婚式は東京じゃなくて、こちらで挙げるというのはどうでしょうか。こんな時だから、家族だけで、小ぢんまりしたものにして」

父が胸を撫で下ろしている。

「ああ、それは有難い。この状況じゃ上京するのは難しいと思う。功太郎くんのご家族がいいって言ってくれるのなら、お願いしたい」

「大丈夫です。僕からきちんと説明します」

「だったら、お言葉に甘えてそうしてもらおうか。なあに、こっちでするにしても、結納の時に派手に披露したから、もう親戚なんかは呼ばなくて構わない。内々に済ませばいいんだ。千遥もそれでいいだろう？」

「私は別に式なんかしなくても……」

「そう言うが、おまえだってウェディングドレスくらいは着たいだろう」

正直なところ、母がこうなってしまった今、式場にもドレスにも、興味が失せていた。あれだけ意気込んでいたのは、母にケチをつけられたくない一心だった。もう虚勢を張る必要はない。招待する友人を誰にするかに頭を悩ます必要もない。むしろ、気が楽だった。

「本当にしなくてもいいの」

その千遥の言葉は、父と功太郎に、いい意味での誤解を与えたようだった。

「確かに、あんなかあさんを見たら、浮かれた気分にはなれないだろうけど」

功太郎が手にしていたコーヒーの紙コップをテーブルに戻した。

「それで、話はここからなんですが、きっと千遥さんも、せめて転勤までの間ぐらい、おかあさんのそばに付いていてあげたいんじゃないかと思うんです。それで、いっそ、こっちに帰って来たらどうかって思いまして」

千遥は驚いて功太郎を見やった。予想もしない提案だった。

「おお、そうしてくれれば、なお助かる」と、父が表情を明るくした。

「うちは宏和と私の男手しかないだろう。見舞おうにもなかなか時間がとれないし、家のこともあるし、頭を抱えてたんだ」

「わかります」

「ちょうど仕事も忙しくなってしまって、私らだけじゃろくな世話もしてやれない。それに、ソーシャルワーカーに聞くと、今の治療が落ち着いたら、医療ケア付き介護施設に入れることになるようだ。その入所先も探さなきゃならん。それは私と宏和がやるとして、その間、千遥が面倒をみてくれるなら、こんな助かることはない」

千遥はようやく口を挟んだ。

「私に仕事を辞めて、東京を引き払えっていうの？」

父が頷く。

「功太郎くんの転勤に付いてゆくんだから、どうせ辞めなきゃならんだろう」

「それはそうだけど……」

父の声には哀願さえ滲んだ。

「なあ、千遥。その間だけのことだ、頼む、そうしてくれ」

それに功太郎が同調する。

「俺もそうして欲しい。短い間かもしれないけど、せめてその間、おかあさんのそばにいてあげたらどうだろう。俺も、休みにはなるべくこっちに来るようにするからさ」

功太郎にしたら、一刻でも早く、仲林のマンションから出させたいという思いもあるのだろう。

「引っ越し費用から何から、全部私が持つ。こっちに来ている間は、今もらってる給料ぐらいは出す」

ふと、ミハルの言葉が思い出された。

〈今なら敵を取れるんじゃない？〉

千遥の心は動いた。

もう怯える必要はない。母は何も言えない、何もできない。

「そうね……。うん、わかった。だったら、帰ることにする」

答えると、ふたりは同時に、安堵の表情を向けた。


休暇明け、会社に出て上司に事情を説明した。退職を申し出ると、あっさり了解された。所詮、会社にとって千遥の存在などその程度だったということだ。翌日にはもう、派遣会社から若い女の子がやって来た。引き継ぎは三日もあれば済んだ。

仲林がどんな反応をするかと思ったが、拍子抜けするほど淡々としたものだった。

「そうか、実家に帰るのか」

「母親がこんなことになったから、仕方ないの」

「人生は思うようにはいかないものさ。私がいい例だ。せいぜい最後の親孝行をすればいいじゃないか」

「せっかく、マンションに住むのを了解してもらったのに」

「気にすることはないさ」

「一週間後には引き払います。これで、本当にお別れね」

わずかな痛みが胸を横切る。

「ああ、そうだな」

「身体を大事にして」

「ありがとう。千遥も功太郎くんと幸せにな」

電話を切ってから、ふと思う自分がいた。もしかしたら、あの時、仲林は功太郎の前でわざと「千遥」と呼び捨てにしたり、ふたりにしか通じない会話を持ち出したのではないか。名刺を渡せばSNSで調べられることもわかっていたのではないか。あれは、最後の復讐だったのではないか。

けれども、たとえそうだったとしても、仲林を恨む気にはなれなかった。

かつてのように、ふんだんに金を遣い、愛人を囲い、いいスーツを着て街中を闊歩し、怖いものなど何もないように力を誇示する、そんな仲林の生き方は終わったのだ。これから病気と向き合ってゆく。葛藤の生活が始まる。そんな仲林をどうして責められるだろう。今、千遥に残っているのは小さな感傷だけだった。

マンションにあった荷物の大半は処分した。引っ越し料金は父が出してくれるというので、いちばん高い「おまかせパック」を選んだ。

そして、千遥は十四年間暮らした東京を後にしたのである。

14　亜沙子

母の手首の傷は、近くの医院で処置を受け、三針縫う程度で済んだ。鎮静剤を打ってもらったせいもあって、自宅に戻って来た時にはもう、落ち着きを取り戻していた。

「ごめんなさい、馬鹿なことして……」

母はうなだれながら言った。

「私こそごめん。何かもっと、別の言い方があったのに、つい感情的になって」

「ううん、違う。そんな気持ちの悪い人、断って当然よ。いけないのは、そんな人だって知らないまま紹介したかあさんの方。ごめんね、亜沙ちゃん」

「じゃあ、いいの？」

「いいに決まってる。また今まで通り、ふたりで暮らしていきましょう。そのうち、きっといい人が現れてくれるわ」

母の言葉に、どれほど気持ちが軽くなっただろう。結婚云々《うんぬん》よりも、今は母との平穏な毎日が戻ってくれるのなら、それに勝る安堵はないと思えた。

しかし、発作的とはいえ、母があんな行為に走ったのは大きな衝撃だった。以来、母を動揺させたり、神経を昂らせたりすることのないよう、亜沙子は細心の注意を払っている。最近は、仕事を家に持ち帰ってでも、母と夕食を共にするようにしている。週末のランチも欠かさずふたりで出掛けるようになった。それが、せめてもの罪滅ぼしだった。

ようやく気持ちが落ち着いた頃、デザイナー室の親睦会が行われることになった。ここのところ、その手の集まりには顔を出していない。気分転換も兼ねて、たまにはみんなと和気藹々楽しみたい。

「今夜、少し遅くなるけど、いい？」

亜沙子は遠慮がちに尋ねた。

「何かあるの？」

「社内の親睦会があって」

「そう。かあさんは大丈夫だから、ゆっくり楽しんでいらっしゃい」

と、明るい口調で送り出してくれたので、安心した。その夜は、久しぶりに同僚たちと話が弾み、結局、帰宅は最終になった。

ところが、家に戻ると、母は居間のソファで胸を押さえ、身体を折るようにして横になっていた。

「おかあさん！」

亜沙子は駆け寄った。

「ああ、亜沙ちゃん、おかえりなさい。何でもないの、ちょっと胸が苦しくなっただけ。亜沙ちゃんの顔を見たら、もう落ち着いた」

「ほんとに大丈夫なの？」

母は大儀そうに、身体を起こした。

「最近、時々、こういうことがあるの」

「だったら、もっと早く言ってくれればいいのに」

「だって、亜沙ちゃんに心配かけたくなかったんだもの」

母が弱々しく言う。

「そんな遠慮しないで。何かあったらどうするの。わかった、明日、病院に行こう。きちんと検査してもらおう」

「でも会社が」

「いい、休暇をもらうから」

翌日、母を病院に連れて行った。どうせなら、大きい病院の方が安心できると思い、新宿にある名の通った医大附属にした。胸の苦しさだけでなく、めまいや頭痛など他にも症状はあったらしい。

そこで、長い時間をかけて検査を受けたのだが、結果は、心臓も脳も血液検査も異常なしということだった。診断としては、不定愁訴という病名が付き、安定剤を処方された。

「ごめんね、わざわざ会社を休んでまで付き添ってもらったのに」

確たる病名が付かなかったことで、母はさも申し訳なさそうに言った。

「何言ってるの、何も病気がなかったことがわかっただけでもよかったじゃない。先生も言ってたけど、今はゆっくり身体を休めるのがいちばんなんだと思う」

医師から「ストレス」という言葉を言われた時、亜沙子は後ろめたさでいっぱいになった。それがあるのだとしたら、原因はひとつしかない。亜沙子の言葉に傷つき、同時に、自分を責めている。

それ以来、週一回、母は病院に通い、薬を処方してもらうようになった。

しかし、体調はなかなか元に戻らなかった。ふたりで一緒にいる時は、比較的安定しているようだが、亜沙子が夕食の時間に遅れたり、週末に出勤しなければならなくなったりすると、同じような症状が現れた。先日など、会議が予定より長引いて、連絡しそびれたままでいると、携帯に連絡が入った。

「亜沙ちゃん、胸が苦しいの……」

亜沙子は飛んで帰った。

帰れば母は落ち着く。どうやら、ひとりになると過剰なまでに気持ちが追い詰められるようだった。

「ごめんね、電話なんかして。何だか急に不安になって」

「いいの、そういう時はいつでも連絡して」

医師の言った通り、精神的な影響が大きいのだろう。母をそこまで追い詰めてしまったのは自分だと思うと、亜沙子には申し訳なさしかなかった。

《しばらくブログをお休みしてしまいました。

ここのところ、体調を崩していたのです。どこが悪いというわけではないのですが、胸が苦しかったり、めまいがしたり、だるさや頭痛が抜け切らなかったりしました。元気だけが取り柄の私には珍しいことです。やっぱり私も年を取ったんだなぁ、と実感しました。

けれど、よかったこともあります。娘が付きっきりで看病してくれたのです。いつも優しい娘ですが、あんなに心配してくれるとは思っていませんでした。母娘の絆がより深まったように思えます。

それから、前にご報告した娘の結婚なのですが、相手が急に地方へ転勤となり、先延ばしとなりました。体調のよくない私をひとりにはできない、と、娘が言い出したのです。もちろん、私のことなど気にしなくていいと、何度も言ったのですが、娘は首を縦に振りませんでした。娘から、今まで見たこともないような真剣な表情で「おかあさんのためじゃなくて、自分のためにそうしたいの」と言われた時は、思わずホロリとしてしまいました。いけない母親ですね。

それにしても、言い出したら聞かないその強情さは誰に似たのでしょう。私かしら、それとも、亡くなった主人かしら、なんて考えています。》

功太郎から連絡が入った。

「報告があるんだけど、よかったら会えないか」

声を聞いたとたん、浮き立っている自分がいた。前に会った時、婚約者とうまくいっていないと聞かされた。結婚がとりやめになる可能性もあるとも言っていた。報告というのはそれだろうか。

そんな想像をしてはいけないとわかっている。それでもつい考えてしまう。

もし、そうだったら――。

功太郎に惹かれている気持ちをもう否定できないでいた。その真っ直ぐで、明るい性格が、私をどれだけ救ってくれたか。今、こうして気持ちを切り替えていられるのは、功太郎のおかげだ。

すぐにどうにかなりたいなどと望んでいるわけではない。ただ、今のような付き合いが続いて、話したり飲んだりしながら、もしいつか、彼の心が自分に向いてくれるようになったら。そうしたら――。

その願望が少しずつ顔を覗かせているのは確かだった。

母には「仕事の打ち合わせで遅くなるけど、十時までには必ず帰って来るから」と、何度も念を押した。ここのところ、母の様子も落ち着いていた。薬が効いているらしい。

浮き足立った気持ちで、約束の場所に出向いた。前にも会った新宿の居酒屋である。

亜沙子の顔を見るなり、功太郎が言った。

「よかった、元気そうで」

「うん、ありがとう」

「おかあさんはどう?」

「ちょっと揉めたけど、最終的にはわかってくれた」

さすがに、手首を切ったことは言えなかった。

「じゃあ、丸く収まったわけだ」

「おかげさまで」

ビールで乾杯し、いくつかの料理を注文した。ひとつの皿をシェアしながら食べる。それは、功太郎をいっそう身近な存在に感じさせてくれる。

「そっちはどう?」

亜沙子は尋ねた。さりげなく言葉にしたつもりだったが、語尾が少し緊張していたかもしれない。

「それなんだけど、実は彼女の母親が倒れたんだ」

「えっ」

思わず箸を持つ手が止まった。

「彼女の実家に行ったんだけど、想像してたよりもずっと病状が重くて驚いたよ。後遺症も残るらしい」

「そうだったの……」

「その時までは、婚約は解消するつもりでいたんだ。だけど、そんな母親と、看病する彼女を見たら、何かこう、ものすごく切ない気持ちになってさ」

後を聞かなくても、その言葉で功太郎がどんな結論を得たのか、すぐに予想はついた。

「俺が彼女を幸せにしなくちゃ、という気になった。それで、やっぱり結婚することにしたんだ」

「よかったじゃない」

反射的に口にした。しかし、頬が強張っているのが自分でもわかった。

「君には散々愚痴ったのに、今更こんなことになって、恥ずかしいんだけど」

「そんなことない、よかったね、おめでとう」

そして、功太郎はオスロへの転勤が決まったことや、彼女は東京を引き払って故郷に戻り、しばらくの間母親の看病をしてから、ふたりで日本を発つ、というような話をした。

ため息が口からこぼれないよう、亜沙子は何度もビールのグラスを口に運んだ。

「それにしても、あれだけ式場やドレスにこだわっていたのに、そんなのはもうどうでもいいなんて言うんだからな。あんなに変わるもんなんだって驚いた」

「じゃ、もう気にならないのね」

問うた瞬間、自分の言葉に含まれた棘《とげ》に気づいて身が竦んだ。

「え？」

「ううん、何でもない」

亜沙子は首を振る。

「ああ、あのマンションの借り主のことだね。そりゃあ、まったく気にならないわけじゃないけど――」

自分の意地悪さが、功太郎に伝わらなかったと祈りたい。

「もう忘れることにした。長い人生の中ではそういうこともあると思うんだ。これはひとつの試練と捉えて、もう過去にこだわるのはやめた。どうせ日本を離れてオスロに行くんだし、これからは前を向いて行こうって決めたんだ」

功太郎に迷いは見えなかった。

わかっている。功太郎を責めるなんてできるはずもない。勝手な想像を巡らし、期待で胸を躍らせていたのはひとりよがりでしかない。それがわかっているのに、身体の中に冷たい水が満ちてゆく。

結局、一時間あまりで席を立った。これ以上、功太郎と向き合っているのがいたたまれなかった。


駅に降り立ち、帰路についても、口から漏れるのはため息ばかりだった。足取りは重く、気持ちはもっと重たい。だから、コンビニ前でまたおばさんに出会った時も、愛想笑いすらする気になれなかった。

「亜沙子ちゃん、おかあさんの体調はどう?」

おばさんの顔は、興味と同情とがないまぜになっている。相変わらず、母のブログを読んでいるのだろう。

「おかげさまで、もう元気になりました」

「何年か前、私もおかあさんと同じような症状が出たことがあったのよ。医者には更年期障害と言われちゃってね」

「そうなんですか」

「年を取るって嫌ねえ。あちこち身体にガタが来て」

それから、おもむろに続けた。

「それで、本当に結婚は延期になったの？」

実際に聞きたかったのは、こちらの方だろう。

「ええ、まあ。仕切り直しって感じです」

嘘にならないよう、答えた。婚約解消と言えば、母のブログの内容とは異なってしまう。今はとにかく母の面子《メンツ》を保っておきたかった。

「ブログ読んで、私、感心しちゃった。おかあさんの身体が心配だから、転勤の相手に付いていかないなんて、今時、そんな母親思いの娘なんていないわよ」

有難いことに、おばさんは人の好いところがある。母が望んだ形で受け止めてくれたようだ。

「うちは母ひとり子ひとりですから」

「だからって、なかなかできるものじゃないって。うちの娘なんか、親のことなんかどうでもいいと思ってるんだから」

それからいつものように、おばさんは英国に嫁いで行った娘の愚痴をひとしきりこぼした。

家に帰ると、母が機嫌よく待っていた。

「あら、早かったのね」

「うん、打ち合わせが思ったより早く終わったから」

「ご飯は？」

「済ませて来たから、今夜はいい」

「だったら、お茶にしましょう。おいしいきんつばをいただいたの」

食べる気分ではなかったが、嬉々として立ち上がった母を前に断れなかった。

他愛ない話をしながら、きんつばを食べ、お茶を飲み干した。すると「あのね、これなんだけど」と、母がいつも使っている手提げ袋から白い封筒を取り出した。

「何？」

「ちょっと見てくれない？」

手渡された封筒には、便箋と写真が入っていた。思わず頬が硬くなった。それは釣り書きとポートレートだった。

「パート仲間のお友達から渡されたの。その奥さん、とってもいい人でね、口も堅くて信用できるから、いつもいろいろと相談に乗ってもらってるのよ。今度のことを話したら、といっても詳しいことまでは言ってないんだけど、こういう人がいるんだけどどうかしらって、今日、これを渡してくれたの。釣り書きにもあるように、お役所勤めで仕事は安定してるし、次男なんですって」

亜沙子は便箋と写真を封筒に戻した。

「おかあさん、悪いけど、今はとてもそんな気になれない」

口調が少しきつくなったかもしれない。あれからまだ二か月もたっていない。どうして見合いなんてする気になれるだろう。

亜沙子の反応に、母は眉を小さく動かした。

「早すぎるっていうのは、かあさんもわかってる。でもね、そのお友達から、こういう時はすぱっと気持ちを切り替えるのもひとつの手じゃないかって言われたものだから、それもそうかもしれないって気がしたの。亜沙ちゃんを怒らせたのなら謝るわ。でも、これも亜沙ちゃんのためを思ってのことなの。それだけはわかってね」

「うん、わかってる。でも、この話はお断りして」

「そうね、そうするわ」

残念そうに、母は封筒を手にした。

その夜、寝付かれぬまま亜沙子はぼんやり天井を見つめていた。パートの友達が持って来た、ということだったが本当だろうか。もしかしたら母が頼んだのではないだろうか。母はブログに婚約解消ではなく、あくまで延期と書いている。母にも見栄があるだろうと読み流していたが、もしかしたら別の策を巡らせたのかもしれない。つまり、早く次の見合いをさせ、結婚にこぎつけさせ、うまく帳尻を合わせようとしているのではないか。

まさか、と思う。いくら何でも母がそこまで企むとは思えない。思えないが、喉の奥に苦いものが広がっていった。

母が発作を起こしたのは、その日の真夜中、二時過ぎである。

「亜沙ちゃん……」

声がして、目を覚ました。ドアが開いて、部屋に母が現れたかと思うと、そのまま床に崩れ落ちた。

「おかあさん！」

亜沙子は慌てて駆け寄った。

「胸が苦しいの、動悸が治まらなくて、めまいもして……」

母の声は力ない。心臓だろうか。それとも脳に何か。

「すぐ救急車を呼ぶから」

慌ててスマホを手にした。

「ううん、いいの、そこまではひどくないから」

「でも」

「ああ、もう落ち着いたわ」

「ほんとに大丈夫？」

「ええ、大丈夫」

母を部屋まで連れてゆき、ベッドに寝かせた。

「お薬、持って来るね」

「夕食の後に飲んだから」

「でも、飲んだ方がいいんじゃないの？」

「あんまり頻繁に飲むのもよくないって、お医者さんに言われているの」

「そう」

「きっと、寝る前に緑茶を飲んだのがいけなかったのね。緑茶はカフェインが多いでしょう、お番茶にすればよかった」

その日はそれで治まったが、それを境に、母は再び不調を訴えることが多くなった。

パートに行っている間はそうでもないようだが、夕方になると、情緒不安定な状態になるらしい。電話も頻繁に掛かって来るようになった。

慌てて帰って来る亜沙子に、母は謝る。

「ごめんなさいね。迷惑ばかりかけて」

電話があっても、仕事を放り出すわけにはいかない時もある。その間、亜沙子は気が気ではなかった。自分のいない間に母にもしものことがあったら、と思うと、会議中でも打ち合わせ中でも、走り出したい気持ちになった。

やがて、母は身体の症状ばかりでなく、考え方も悲観的になっていった。

「近頃、おとうさんがよく夢に出て来るの」「かあさんは、結局、亜沙子のお荷物になるばかりね」「ひとりでいたら、何故だか急に涙がぼろぼろこぼれてしまって」などと、悲しい言葉を口にした。母の身体と心はここまで脆《もろ》くなっているのかと、亜沙子は暗澹《あんたん》たる気持ちになった。

だから、週末に大阪で催されるデザイン見本市に出掛けるのも、どうしようか迷った。海外からの出品も多く、名のあるデザイナーも出品している。刺激を受けるに違いない。これからの仕事にも役立つだろう。社内のデザイナーたちはみんな行く。亜沙子も行きたい気持ちがある。しかし、母をひとり残してゆく不安も拭えなかった。もし何かあったら、と、そればかりが頭を巡る。

亜沙子は母におずおず切り出した。

「あのね、今度の週末なんだけど」

「そうそう、素敵なお店を見つけたの。ふわふわオムレツが人気なんですって。お台場の海沿いのレストランでね」

「あのね、大阪でデザイン見本市があるの。すごく勉強になるし、会社の同僚たちもみんな行くの。でも、一泊しなくちゃならないから、おかあさんがこんな時に行ってもいいものか迷ってて」

母は笑みを作った。

「いいわよ、行ってらっしゃい。かあさんのことなら心配ないから。ここのところ、体調もいいし」

亜沙子は安堵する。

「ほんと。ああ、よかった。じゃ、そうさせてもらうね。日曜の夕方には戻るから、その夜はどこかでご飯を食べよう」

「そうね、そうしましょう」

それなのに、当日の朝、母はまた発作を起こした。

ベッドの中で、胸を押さえ、弱々しい呼吸を繰り返す母を置いて、大阪になど行けるはずがなかった。

「ごめんなさいね、かあさんのせいで……」

母に、目に涙をためながらそう言われると、何も返せない。

「いいの、見本市はまたあるんだから」

「こんなんじゃ、かあさん、生きている間に孫の顔を見られないかもしれないわね」

亜沙子が答えに窮していると、「ごめんなさい、また馬鹿なこと言っちゃって」と、悲しげに目を伏せた。

「とにかく、今日はゆっくり休んで」

そう答えるしかなかった。

母のこの症状はいったいいつまで続くのだろう。亜沙子は居間のソファに身体を預け、宙を見ながら考える。毎週、病院に通い、一日二回の薬も飲んでいる。なのに、快方に向かうどころか、いっそう悪くなっているような気がする。

薬が合っていないのではないか。病院を替えた方がいいのではないか。不定愁訴の症状との診断だったが、実はもっと重大な病が隠されているのではないか。

母の飲んでいる薬をインターネットで調べてみよう、と思い立ったのはそのせいだ。亜沙子は食器棚の引き出しを覗いた。いつも母はそこに何でも入れている。領収書やらチラシやらが重なった下の方に、白い薬袋を見つけて手にした。中には七日分の錠剤のシートがあった。しかし、それはまだひとつも開けられていなかった。もらって来たばかりなのだろうか。何気なく薬袋の表書きに目をやって、亜沙子は声にならない声を上げた。

そこには、もうふた月以上も前、母と初めて病院に行った時の日付が書き込まれていた。

どうして……。

週に一度、病院に通っているのではないのか。

怪訝な気持ちが膨れ上がってゆく。亜沙子は母の部屋のドアに視線を滑らせた。

15　千遥

リハビリの成果もあって、母は体力を取り戻しつつあった。後遺症は残ったが、最悪の状況は免れた。何より食欲が戻っている。ぎこちないながらも左手でスプーンを使い、自分で食事をとることもできるようになった。

千遥の生活も大きく変わっていた。

朝は七時に起き、まずは洗濯にとりかかる。父と弟のためにパンを焼き、コーヒーを淹れ、ふたりを送り出すとすぐに後片付けを済ます。それから洗濯物を干す。病院から持ち帰った母の汚れたパジャマやタオルや下着が山ほどある。毎日なので厄介だが、ためるとますます面倒になる。それを終えると、ようやく自分の朝食だ。部屋の掃除は三日に一度。風呂の掃除は毎日。まだ慣れなくて手際が悪く、ほっとひと息ついた頃にはもう十一時を過ぎている。洗った着替えなどを袋に詰めて、母が乗っていた軽四を運転し、病院へ向かう。

そんな毎日は、単調で退屈に違いないが、それでも、文句を言いながらも何とかこなしている自分を千遥は不思議に思った。

東京に住んでいた頃は、自分のことしか考えなかった。自分さえ快適に過ごせるなら、後のことなどどうでもよかった。自分以外のものなど洗濯したことはないし、たまに料理を作っても、よほど気が向いたか、自分の食べたいものがあった時だけだ。誰かのために何かする、そんな感覚など忘れていた。いや、もともと持ってはいなかった。

ほんのしばらくのことだから。

千遥は割り切って考えるようにしている。父からその分のお金は受け取っているし、日中は適当にショッピングを愉しんだり、ＤＶＤを観たりしている。基本労働は一日八時間。それ以外は働かない。これは仕事であって、親孝行ではない。

だいたい、あの母に今更どんな孝行をしろというのだ。できるはずもない。もし、それを求められるようになったら、千遥はすぐさま東京に戻るつもりでいる。

佳澄から連絡が入ったのは、実家に戻って二週間ほどしてからだった。

「聞いたよ、おかあさん、大変だったね」

電話口で佳澄は同情的な言葉を口にした。いったい誰から聞いたのだろう。狭い町はこれだから嫌になる。

「前に、さっちんとパート先の惣菜売り場で会ったんでしょう。その時は、元気そうだったのにってびっくりしてた。それで、具合はどう？」

「まあまあかな」

「長引きそう？」

「たぶん」

「そっかぁ。大変だよねぇ。うちも義父が長期入院してたからよくわかるの。介護って、毎日のことだから煮詰まっちゃうんだよね」

それからも、佳澄は「千遥は昔から頑張り屋だったから、あんまり無理しないでね」とか、「何かできることがあったら何でも言って」などと、好意的な言葉を向けた。しかし、千遥は素直に受け取ることができなかった。

口ではそんなことを言っても、内心ではそれみたことか、とほくそ笑んでいるに違いない。あの頃だって、そうだったではないか。親しそうな顔をしておいて、陰で悪口を言っていた。何も知らないと思っていただろうが、千遥は全部わかっていた。

「それでね、今度、みんなで会おうよって話してたの。場所も時間も千遥に合わせるから、たまには気分転換も必要だよ」

とりあえず「考えておく」と答えたが、千遥にそのつもりはなかった。会えばどうせ、母の病状を聞き出されるだけである。もちろん結婚の話をする気もなかった。そんな情報を与えたら、格好の噂話のネタにされるだけだ。何よりも、彼女らに可哀想などと同情されるのが我慢ならなかった。

佳澄もそれを感じたに違いない。二、三度誘いのメールを送って来たが、やがて途絶えた。やはり最初からその程度の気持ちだったのだ。

考えてみれば、もともと友達なんていなかった。私はいつもひとりだった。子供の頃から、家族も友達も、誰ひとりいなかった。今更、友達だなんて、笑わせる。

今日も、午前十一時半を少し過ぎたところで病院に着いた。

駐車場に軽四を入れ、正面玄関からロビーを抜けてエレベーターに乗る。外来の待合室は相変わらず混んでいた。

母の病室は四階の個室だ。父の見栄もあるが、いずれ医療ケア付き介護施設へ入所させることが決まっていて、そう長く入院するわけではないということもあるのだろう。

病室に入ると、ベッドの背にもたれて、母は窓の向こうを眺めていた。

いつも、最初に掛ける言葉に戸惑う。母が言葉を発せられないとわかっていても、辛辣な文句を浴びせられるような気がして緊張する。

もちろん母は何も言わなかった。どころか、まるではにかむような表情で千遥を見返した。

千遥は母の着ているパジャマに目をやった。ネル地に小花模様が散ったその胸元には、薄茶色のシミがいくつも広がっていた。また食事の時にこぼしたのだろう。

「やだ、もう汚しちゃったの」

母は毎日、こうしてパジャマを汚す。上着だけでなくズボンも同じだ。

「汚いなぁ」

千遥は迷うことなくナースコールをした。

「何かありましたか」

すぐに看護師が顔を出した。まだ二十歳《はたち》そこその若い看護師である。

「パジャマが汚れているので、着替えさせてください」

看護師がほんの瞬間、眉を顰めたように見えた。そんなことぐらいで呼ぶなんて、と、咎められているように思えて、千遥はたちまち気持ちを強張らせた。

この病院は完全看護となっている。家族の付き添いは基本的に不要で、介護に関して看護師に頼んで構わないはずだ。割高の個室料金にも、その手間代が含まれているはずである。

「わかりました。さあ、着替えましょうね」

看護師は母に笑いかけ、千遥が用意したパジャマに着替えさせ始めた。やはり手馴れている。

母は嫌がりもせず、なすがままにされている。ズボンを脱がしたところで、看護師が「あらあら」と、声を上げた。

「気が付かなくてごめんなさいね。気持ち悪かったでしょう。すぐ替えますね」

母は排便していた。看護師がおむつを開くと、病室中に生々しい臭気が広がった。

千遥は正視することができず、逃げるように病室を出た。母の恥毛も、母の性器も、母が無防備に足を広げ、看護師に便の始末をされている姿も見ていられなかった。

廊下の壁にもたれていると、ミハルが隣に立っていた。

〈あのかあさんがね〉

言いたいことはわかっている。母はプライドの高い人だった。周りに弱みを見せるのがいちばんの恥だった。そんな母が、看護師におむつを替えられている。

「全部、看護師に任せていいよね」

〈いいに決まってる。それだって仕事のうちなんだもの。それに、そういうことって、実の娘より赤の他人にしてもらう方が気が楽なんじゃないの。かあさんだって、そんな姿を千遥に見られたくないだろうし〉

「そうだよね」

〈だいたい、あんなひどい母親だったのに、娘だっていうだけで、何で今更おむつの世話なんかしなくちゃいけないのよ〉

まったくその通りだと、千遥は納得する。母親らしい優しさなんてかけらも見せなかった母に、どうして娘らしい親孝行なんてできるだろう。

始末を終えた看護師と入れ替わり、千遥は病室に入った。すっきりしたのか、母は表情を和らげている。

しばらくして、昼食が運ばれて来た。母の前に細長いベッドサイドテーブルを移動させ、食事の載ったトレーを置いた。並んでいる料理は細かく切り刻まれ、擂《す》り潰されて原形をとどめていない。味噌汁やお茶はゼリー状になっている。誤嚥《ごえん》を防ぐためである。

左手を使うせいで、母はうまくスプーンを摑めない。料理をすくっても、口に運ぶというより、顔の方を近づけて食べる。それでも胸元にぽろぽろとこぼした。

「ああ、さっき着替えたばかりなのに」

千遥は思わず眉を顰めた。仕方ないとわかっていても、いつまでたっても慣れない。どうにも苛々してしまう。

母はスプーンを持つ手を止めて、千遥の様子を窺うように上目遣いを向けた。その反応がひどく卑屈に映って、千遥はますます残酷な気持ちになった。

「かあさん、私が小さい頃、今みたいな食べ方をしたらすごく怒ったよね。そんなのは犬食いだって、いつもぴしゃっと手を叩いたの、覚えてない？」

母が黙って自分の手元に目を落とした。言葉はわからなくとも、ニュアンスは通じたのかもしれない。うなだれているように見える。しかし、そんな姿を目の当たりにしても、千遥は心を寄せることができなかった。少しでも可哀想などと思ったら、今までの母を肯定することになるような気がした。

時間をかけて食事を終えた母は、それだけで疲れてしまったのか、ベッドに横になり目を閉じた。

トレーを手に廊下に出て、配食用のワゴンに戻す。それを済ませれば、後はこれといってすることはない。時折看護師が、検温や脈を測りに来るぐらいだ。千遥は一階のコンビニで雑誌を買って来て、窓際の丸椅子に腰を下ろし、ぱらぱらとめくりながら時間を潰した。

帰る時間も決まっているわけではない。二時間ほどで席を立つこともあれば、何も予定がない時は少し長居する。今日は、帰りにスーパーに寄るだけなので、病室を出たのは四時少し前だった。

洗濯物が入った袋を手にし「じゃあ」と母に告げた。母は「帰るの？」というような、見方によってはすがるような目を向けたが、千遥は椅子に座り直したりはしなかった。振り向かずに病室を出た。

『夕焼け小焼け』が流れて来たのは駐車場に出たところである。思わず足を止めて、千遥は聞き入った。

帰りたい、でも、帰れない。あの追い詰められた日々が思い出される。

けれども、もう母に怯える必要はない。今の母は、手負いの小動物と同じだった。萎縮した目で千遥を見上げるのが精一杯だ。

あはは、と、千遥はわざと声を出して笑ってみた。母の、あのみっともない姿。何て情けない有様。同情なんかするはずもない。すべては母自身が招いた結果である。

その夜、十一時過ぎに功太郎から電話が入った。だいたい一日おきにこうして電話を掛けて来る。

「おかあさん、どう?」

会話はいつもこの質問からだ。

「うん、変わりはない」

「そうか」

「でも、よく食べるようになったよ。今日も、昼ご飯は残さなかったもの。といっても、三分の一はこぼしてるんだけどね」

「食べようって意欲があるのがいちばんさ」

「そっちはどう?」

「うん、こっちも変わりはなし。ノルウェーって、ブークモール語っていう言葉があるんだってさ。その勉強がちょっときつくて、毎日、辞書と首っ引きだよ。夏は白夜で、冬は太陽が昇らないっていうんだから、そんな生活ってどんなのだろう」

そんなとりとめのない話を三十分ほどし、電話を切る。電気を消し、布団に入って目を閉じる。今日も一日が終わりを告げる。


「子供の頃、かあさん、私に役立たずってよく言ったよね。こうして介護されてる今でも同じこと言える?」

「手伝おうとしたら邪魔するなって言うし、何もしなかったら横着者って言った。じゃあ私はどうすればよかったの? 今はどう? 手伝って欲しいの? 欲しくないの? 言ってみてよ」

「お花を摘んで帰ったら、子供のくせに、あざとい真似をしてって言ったよね。だから、この病室に絶対花は飾らない」

「愚図。のろま。頭が悪い。要領が悪い。下手くそ。役立たずはあっちに行って。かあさんの言葉で覚えているのはそれくらい。今は、私がそれを言ってもいいのよ。言ってあげようか」

千遥の口は止まらない。

通じているのかいないのか、母はただおどおどするだけだ。


その週末、功太郎が見舞いにやって来た。母は功太郎を見ても、不安そうな目を向けるばかりである。

「ほら、功太郎よ。わかんないの？」

母が困惑した表情で身体を小さくしている。功太郎だけではない。母は、父も弟も千遥も、薄ぼんやりとしか理解できていないようだった。

「いいよ、いいよ、病気なんだから仕方ないよ」

功太郎は子供をあやすように「お元気そうで安心しました」と、母に笑いかけた。

「前に来た時よりずっと顔色がいいし、それに少し頬もふっくらしたみたいだし、何よりです」

それでも、母は緊張したまま、小さく頷くだけだった。

その夜は、久しぶりに父と弟と四人、外で食事をした。結婚式について、ずっと電話で功太郎と話し合って来た。それで出した結論を父に告げるつもりだった。そのために、功太郎が来たということもある。

式は挙げないことにしました、と功太郎が言うと、さすがに父は驚いたようである。

「本気なのか？」

「ふたりで話し合って、入籍だけで済ますことに決めました。実はうちも、寝たきりの祖母の調子があまりよくなくて、目を離せない状態なんです。親も家を空けるのは難しいって言ってるので、いっそ形式的なことは排除しようってことにしたんです」

「千遥も、それでいいのか？」

「うん、ぜんぜん構わない」

「そうか……すまないな」

父は心底申し訳なさそうに頭を下げた。しかし、実際のところ、千遥にとってはどうでもいい話だった。どうせ、招待するような友達がいるわけじゃない。退職してしまったのだから上司も呼ぶ必要はない。いっそ、その方がずっと気が楽だ。

病院通いと、家事の合間に、千遥は少しずつ荷物の整理を始めた。

二階の自分の部屋は、東京から持ち帰ったもので、ますます物置状態になっていた。赴任先のオスロで用意される社宅には、家具や電化製品が備え付けられていて、日常生活に困ることはないという。足りないものは現地で揃えるとして、気に入っている服やバッグやアクセサリーを厳選し、スーツケースひとつにまとめられる程度にしたいと思っている。

どのバッグを持って行こうか迷っていると、ミハルが現れた。

〈あともう少しね。これで千遥は完全にかあさんから解放されるのね。あっちに行ってしまえば、かあさんの世話もしなくていいんだから、好きに生きられる〉

「そう、本当の自由を手に入れられるの」

〈今度こそ、千遥の勝ちね〉

千遥はミハルと目を合わせ、自分に確信させるように、大きく頷いた。

「そうよ、今度こそ、私はかあさんに勝ったのよ」


スーパーから帰って、玄関前の駐車場に軽四を入れたところで、垣根越しに隣のおばさんが話し掛けて来た。

「千遥ちゃん、その後、おかあさんの具合はどう?」

「はい、おかげさまで何とか」

とりあえず無難に答えておく。おばさんは善人そうな笑みを浮かべた。

「そう、よかったわね。まだ若いんだし、きっと元気になられるわ。何より、こうして千遥ちゃんが帰って面倒をみてくれるんだもの、おかあさんもさぞかし安心よねぇ」

千遥はバッグにキーをしまった。

「それはどうだか」

「やだ、何言ってるのよ、安心に決まってるじゃないの。やっぱり持つべきものは娘よ。そりゃあ看護師さんもヘルパーさんも有難いに違いないけど、つい遠慮してしまったりするじゃない。母娘じゃなきゃ通じ合わないところがたくさんあるはずよ。ずっと前、おかあさんが体調を崩して入院した時なんかはね、付き添ってくれる人もいなかったから、さぞかし心細かったろうと思うのよ。それに比べれば、今は安心して治療に専念できるんだから、ほんと、幸せよ」

千遥は思わずおばさんの顔を見直した。

「母が入院って、そんなことがあったんですか?」

初めて聞く話だった。

「あら、覚えてない? そうね、もう三十年くらいも前の話だものね、千遥ちゃんはまだ二歳か三歳ぐらいだったかしら」

「その時、母はどこが悪かったんですか?」

「私も、そう詳しく事情を知ってるわけじゃないけど」と、前置きしてから、おばさんは少しばかり声を潜めた。

「身体っていうより、心の方っていえばいいかしら」

「心?」

「精神的に参ったらしいのよ。お姑さんといろいろあって、追い詰められてたみたい。ノイローゼって言うの？　半年ほども入院してたかしらね」

過去に、母がそんな状況にあったとは驚きだった。あの母が祖母に追い詰められた？　千遥の知る限り、追い詰めるのはいつも母のはずである。

黙り込んでしまった千遥を見て、おばさんは慌てたようだ。

「嫌だ、私ったら余計なことを言っちゃったわね。昔の話だから気にしないで。とにかく言いたかったのは、あの時と違って、今はこうして千遥ちゃんがそばにいてくれるから、おかあさんもゆっくり養生できるってこと」

おばさんはそそくさと、自宅に戻って行った。


母のおむつが汚れているのは、すぐにわかった。母はもぞもぞと居心地悪そうにしている。パジャマのズボンの中から臭いも漂っている。

看護師に連絡しようとした。しかし、ついさっき隣の病室の患者の容態が急変し、看護師たちがバタバタと気忙しく動き回っているのはわかっていた。

さすがに呼ぶのは気が引けた。周りは、家族が当たり前のようにその始末をしている。放っておけば、ズボンまで汚れてしまうだろう。そうなれば洗濯が大変だ。仕方ない。千遥は覚悟を決めて、ベッド下に用意してある紙おむつの袋に手を伸ばした。

「今日は、私がするから」

その他に、ケアシーツや手袋、ウェットティッシュなども準備した。

何しろ、初めての経験である。まずは身体を横向きにしようとしたが、右半身が麻痺している母を動かすことはそう簡単にはできなかった。母のパジャマのズボンを脱がすだけで一苦労だ。ようやく脱がせ、お尻を少し浮かせて、ケアシーツを敷く。おむつを広げると、案の定、便で汚れていた。思わず顔をしかめたが、そのまま閉じてしまうわけにもいかない。

母の剝き出しになった下半身を間近に見たのにも動揺した。見てはいけないものを見てしまったような気がして、いたたまれなくなった。直視しないよう、紙おむつの袋に印刷してある交換方法を確かめながら、汚れが広がらないようおむつを丸め取ってゆく。肌の汚れた部分はウェットティッシュで拭き取った。丁寧に拭かないと汚れが残り、肌荒れの原因になると書いてある。どの程度まで拭けばいいのかわからなくて、ほとんどワンケースを使ってしまった。新しいおむつをお尻の下に広げ、パッドを敷く。閉じてから、緩くならないよう、あまりきつくもならないよう、テープで止める。

すべてを終えた時は、汗びっしょりになっていた。

「はい、これでおしまい。あんまり上手にいかなかったけど」

ほっとして、千遥は息を吐き出した。その時、目が合った。「あ、あ……」と、母が何か言おうとしている。

あんた、下手くそね。

思わず、文句を言われるのかと身構えた。母の唇がたどたどしく動き続ける。

え……。

それが「ありがとう」と言っているのだと、千遥はようやく理解した。

その時、胸がいっぱいになっている自分に気づいた。この胸を満たすものが何なのか、見当もつかなかった。何が何だかわけのわからない、熱いかたまりのようなものが、胸の奥底から湧き上がって来た。

千遥は母から目を逸らし、汚れ物をビニール袋に詰め込むと、「これ、捨ててくるから」と、まるで言い訳をするかのように病室を飛び出した。


幹線道路沿いの大型スーパーで買い物をしている最中、佳澄とばったり出くわした。

「その後、おかあさんの具合どう?」

佳澄は両手にレジ袋を四つもぶら下げている。

「相変わらずって感じ」

ありのままを話すつもりはないし、話す義理もない。彼女は真面目な顔つきで「お大事にね」と言い、それから「ごめんね」と、付け加えた。

「えっ、何が?」

「ほら、あれから千遥のところに、何度か誘いのメールを送ったでしょう。考えてみれば、大変な時にそういうことされたらちょっと負担よね。気が回らなくて悪かったなって反省してたの。それで、みんなと話したんだ、千遥から連絡が来るまでしばらく遠慮しようって。だから、都合がついたらいつでも言ってね」

「…………」

「それと、何か役に立つことがないかって、いろいろみんなで情報を集めてるの。食餌療法とか、リハビリ方法とか、いい病院とか。私も経験しているし、ママ友に聞くと耳よりの話があったりするのよ。ほら、千遥はずっと東京暮らしだったでしょう、地元でわからないことも結構あると思うのよ。そうそう、駅裏にね、介護用品の品揃えがすごくいい店ができたらしいの。今度、下見に行っておく」

千遥は彼女の顔を眺めた。その表情に嘘はないように見えた。

「いいのよ、そんなことまでしてもらわなくても」

「何言ってるの、友達でしょ。困った時はお互いさまじゃない。私も義父を介護してた時に、さっちんや久美ちゃんや有紀にすごく助けてもらったの。やっぱり持つべきものは友達だって痛感したんだ」

友達、という言葉に、いつもと違う響きがあった。

友達なんかいない。友達なんか嘘ばっかり。友達なんて呼ばないで。

「あらやだ、立ち話してる場合じゃなかった。今から子供を迎えに行かなくちゃいけないんだ。じゃ、またね。その店のこと、今度メールするね」

そう言って駆けてゆく佳澄の姿を、千遥は立ち尽くしたまま見送った。

16　亜沙子

午後六時過ぎ、会社近くのティールームで、亜沙子は路子と向き合っていた。たまたま帰り際に一緒になり、お茶に誘われたのだ。

「えっ、じゃあ路子さん、在宅ワークに変わるんですか」

亜沙子はコーヒーカップを持つ手を止めて、思わず声を上げた。

「そうなの、来月からそうすることにしたの」

「どうして」

「母に、認知症の症状が現れるようになったのよ。この間も、ひとりで外出して、迷子になって警察から電話が掛かって来たの。言葉がなかなか出て来なかったり、物忘れがひどかったり、冷蔵庫の中にテレビのリモコンが入っていたりとか、今までも変だなぁと思うことは何度かあったんだけど、なかなか認められなくてね。でも、とうとう決心して病院で診てもらったの。そしたら、アルツハイマーの診断が下された」

「そうなんですか……」

以前に話した時、ふたりでヨーロッパ旅行に出掛けると言っていたはずである。

「ほら、うちは母とふたり暮らしでしょう。やっぱりひとりにしておくのは心配なの。家で倒れているんじゃないかとか、ガスの火を消し忘れてるんじゃないかとか、何かあったらどうしようって、おちおち仕事もしてられない。だからって、仕事は辞められないしね。それで、在宅ワークの制度を利用させてもらうことにしたの。パソコンのおかげでどこにいても仕事ができて、ほんと便利になったわ」

「病院とか施設とかは考えなかったんですか」

在宅ワークは、正社員から嘱託という雇用形態になる。時間は自由になるかもしれないが、手当や保険など、経済面を考えると不安もあるはずだ。

「それも考えたけど、そうするのは何だか母に申し訳ない気がしてね。私が苦しい時、助けてくれたのは母だった。だったら、母が苦しい時に助けるのは当然の務めじゃないかと思うの」

「そうですか……」

それは、娘として正しい在り方なのかもしれない。

けれど、本当にそうだろうか。亜沙子はすぐには納得できなかった。どこか「犠牲」の二文字がちらついてしまう。

もし、私だったら――。

考え始めるとため息が漏れそうになり、亜沙子は慌ててコーヒーを飲み干した。

薬を飲んでいないのではないか、という疑問はずっと続いていた。

母に確かめればいいのだろうが、尋ねるのが怖かった。話がこじれ、興奮して、母がまた発作を起こしたら、と考えてしまう。

しかし、薬はともかく、病院には通っているはずだ。母は夕食の時など、先生から気分転換をしなさいと言われた、もっと身体を休ませなさいと言われた、などと亜沙子にこまめに報告していた。ここしばらくは発作も治まっている。とにかく、このまま元気になってくれるのならそれにこしたことはないと、考えるようにしていた。

週明け、母のパート先の女性から家の電話に連絡が入った。電話を取ったのは亜沙子である。

「携帯にも掛けたんだけど、繋がらなかったものだから、こちらに連絡してみたの」

「すみません、今、ちょっとお風呂に入っているんです。電話があったこと、伝えておきます」

女性は「じゃあ、よろしくね」と、言ってから「あなた、亜沙子さん？」と尋ねた。

「はい、そうです」

「この間のお見合い、なかなかいい条件の人だと思ったんだけど、残念だったわ」

母にあの釣り書きを渡したのはこの人だったのか。

「勝手を言いまして申し訳ありません……」

「いいのよ、気にしないで。私は知り合いが多いから、いろんな話が入って来るの。またあなたに合いそうな人を見つけたら紹介するわね。ねえ、この際だから聞いておくけど、どういう人がタイプなの？　長男は駄目っていうのはもちろんわかってるけど、スポーツマンとか文化系とか。出身大学なんかにこだわりはある？」

畳み掛けるように言われて、亜沙子は困惑した。

「いえ、そんなことは別に……」

「遠慮しないではっきり言ってくれていいのよ。その方が、こちらも選びやすいから」

何とか話を変えようとした。しかし、すぐに話題など浮かばない。苦し紛れに口にしたのは、母のことだった。

「あの、いつも母が週に一度、半休させてもらってすみません。ご迷惑と思いますが、これからもよろしくお願いします」

「何の話？」怪訝な声が返って来た。

「あの、半休を」

「おかあさん、パートを休んだことなんて一度もないけど」


週末は、日本橋でランチをした。人気のスポットということで、母は物珍しそうに歩き回り、笑顔を絶やさず、饒舌で、とても元気そうだった。

その帰り、地下鉄乗り場に向かう途中、ペットショップの前で母が足を止めた。ガラス窓の向こうに、数匹の子猫たちがじゃれ合っている。

「可愛いわねえ」

母がしゃがみ込んで、はしゃいだ声を上げた。

「ねえ、亜沙ちゃん、猫を飼うっていうのはどう？」

唐突に、母が言った。

「覚えてないかな？　あなたが小学校の二年生の時、猫を拾って来たことがあったのよ。でも、その頃はマンションでペットを飼うのは禁止されてたでしょう、仕方なく知り合いに頼んで引き取ってもらったの。あの夜、亜沙ちゃん、一晩中大泣きして大変だったんだから」

「そんなこと、あったかな」

亜沙子に記憶はない。

「最近、うちのマンションも規定が変わって、小さいペットなら飼っていいことになったでしょう。二階の山木《やまき》さん、早速猫を飼い始めたの。同じフロアの佐藤さんは、トイプードルですって。だったら、うちもどうかな」

「でも、世話が大変でしょう？」

「ひとりだったら無理かもしれないけど、うちはふたりいるんだから、面倒ぐらい何とかなるわよ」

母は何の気なしに言ったのだろう。しかし、その言葉に、亜沙子は背中を硬くした。

母のパート先の女性の電話があって以来、ずっと考えていた。薬を飲んでいないのは、もしかしたらあり得るかもしれないと思っていた。もともと母は薬嫌いのところがある。しかし、病院にも通っていなかった。通ってもいないのに、医師から言われた言葉を亜沙子に報告していた。

いったい何のために。

決まっている。

母はこんな仮病を使ってまでも、私を束縛するつもりなのだ。何があっても、私を思う通りにするつもりなのだ。

「ねえ、いいじゃない、飼いましょうよ」

猫の寿命は十年以上、長生きの猫なら二十年も生きるだろう。その時はもう、亜沙子は五十歳近くになっている。母の思いが重くのしかかってくる。一緒に生きるのが当然である。猫を飼いたいというのは、その宣言でもあるのだ。

亜沙子の身体からさまざまな感情が湧き上がっていた。

最初は嫌悪だった。それにいたたまれなさが加わった。苛立ち。重苦しさ、鬱陶しさ、苦々しさ。そして、最後に襲って来たのは恐怖だった。

このままでは、私は母から逃げられない。

母にがんじがらめにされてゆく。

17　千遥

千遥の生活はすっかり変わっていた。

家事も病院通いも、もうかつてのような苦痛を感じることはなくなった。単調な毎日だが、手順をこなせるようになると、生活にリズムが生まれて気持ちに余裕も出て来た。

母の世話にもずいぶん慣れた。最近では、着替えやおむつの世話だけでなく、身体を拭いたり、手や足にクリームを塗ってやったりしている。

歯磨きもそのひとつである。食後、母を車椅子で洗面所まで連れて行く。歯が汚れていると虫歯や歯周病になるし、何より本人が気持ち悪いだろう。最近は、必ずこれを終えてから帰るようにしている。左手しか使えない母は、うまく磨くことができない。最後、千遥は歯ブラシを手にして「はい、あーんして」と、口を開けさせ、奥の方まで磨いてやる。

母はいつも千遥の言葉に素直に従う。そして、何をしても、最後に必ず「ありがとう」と言う。全部は言えなくて「ありが……」までしか聞こえないが、それだけで嬉しい。千遥は「どういたしまして」と答える。母が笑う。千遥も笑う。するとまた、母が笑う。

佳澄たちとも、頻繁にメールを交換するようになった。

彼女たちは、いろんな情報を教えてくれた。脱ぎ着のしやすいパジャマだとか、左手でも使いやすいスプーンだとか、床擦れのできないクッションだとか、さまざまだ。実際、とても助かっている。

先日、一緒にカラオケに出掛けた。幹線道路沿いのチェーン店で、それぞれ家のことを終えてから、軽四に乗って集まった。薄っぺらいピザや、冷凍を揚げただけのポテトやらをつまみ、ノンアルコールカクテルを飲みながら、歌い、振りを真似て、散々盛り上がった。あんなに笑ったのは、初めてかもしれない。

お洒落なレストランや洗練されたバーがなくても、華やかに着飾って出掛けなくても、今だって十分に楽しい。華奢《きゃしゃ》なヒール靴はスニーカーに履き替えられ、小ぶりのブランドバッグは丈夫な布製トートバッグに持ち替えられ、パーカーとデニム姿で、肩から力を抜いて過ごせる時間が、こんなにリラックスできるとは思ってもいなかった。

ずっと、自分は彼女らに受け入れられない存在なのだと思っていた。けれど今はわかる。受け入れようとしなかったのは、彼女たちではなく、自分だったのだ。

午後から快晴になった。

病室の窓から見える空があまりに澄んでいて、千遥は母を振り返った。

「ちょっと屋上に行ってみようか」

母が頷く。エレベーターに乗って、屋上に向かった。母と外に出るのは久しぶりだった。

今日は入浴日ではなかったので、蒸しタオルで顔と身体を拭いてやった。その後、髪も梳《す》いた。さっき、おむつを取り換えたばかりなので、母も気持ちよさそうだ。今は処置にも慣れ、短時間で済ませられるようになった。不思議なことに、汚いなどという感覚はまるでない。人は食べ、排泄する。その在り方はしごく自然であり、生きている証《あかし》のように感じられた。

屋上に出ると、久しぶりに吸う外の空気と青く広がる空に、母が気持ちよさそうに顔をほころばせた。

「綺麗ね」

返事はなくとも、母も同じことを感じているのがわかる。それが気配で伝わって来る。

母の顔にはもう、かつての険はない。眉間から力が抜け、口角は緩んで悪意も毒気も消えて、穏やかさだけが広がっている。それが後遺症のせいだとわかっていても、こんな母の顔を見る時が来るなんて思ってもみなかった。

今なら、と千遥は思った。ずっと聞きたかったこと、どうしても聞けなかったこと、それを今なら聞ける。

「かあさん、教えて」

千遥は母に話し掛けた。

「どうしてあんなに私が嫌いだったの？」

母は首を軽く傾げて、千遥を見返した。ここにいるのは母であって、母でない。それがわかっていながら、千遥は聞かずにはいられなかった。

「子供の頃からずっと考えてた。何がいけなかったんだろうって。好かれたくて、一生懸命頑張ったけど、何をしてもかあさんは私を好きになってくれなかった。私がおばあちゃんに似てたから？　ミハルを殺してしまったから？　宏和の顔にガーゼをかけたから？　ねえ、どうして？」

しかし、母は千遥を見返すばかりだ。

「教えてよ」

感情が昂って、つい口調がきつくなった。母は困惑した顔を向けている。

もう、何もできない母である。そんな母を、私はまだ責めようというのか。

千遥は母を見つめた。

あんなに憎んだ母である。あんなに私を傷つけた母である。しかし、母はかつての母ではなくなった。まったく別の人間――人間というより、ひとつの無防備な魂そのものに姿を変えた。もう、あの頃の母はどこにも存在しない、母にはもう私しかいないのだ。

18 亜沙子

功太郎から聞かされた時、亜沙子はすぐに言葉が出なかった。

「それって……」

「うん、そういうこと。やっぱり結婚はなくなった」

功太郎の表情はさっぱりしている。気持ちの整理がついたのか、ただ強がっているだけなのか、亜沙子には読み取れない。

丸の内のカフェ。ここは功太郎と再会した店である。

「彼女から言われた時は、いったい何を言ってるんだか、俺もさっぱり理解できなかった。俺じゃなくて、母親を取るってことなのか。あんなに母親のことを嫌ってたのに、今更なんでそうなるんだって、腹が立った」

それはもっともだと、亜沙子も思う。

「でも、話し合っているうちに何だか少しわかるような気がして来たんだ。母親との関係をやり直さない限り、彼女は自分を肯定できないんだろうな。何よりも、彼女の顔が前とぜんぜん違っててさ。今までは頑《かたく》なっていうか、誰にも絶対に弱みは見せないって構えているようなところがあったけど、すごく穏やかになっていて驚いたよ。初めて見た、あんな幸せそうな彼女の顔」

「でも、だからって」

「俺だってまだ疑問だらけだ。でも彼女に、結婚すれば本当に幸福になれるのか、それが人生の答えなのかって聞かれた時、何も言えなかった。そう言われれば、確かにそうだ。結婚はオールマイティじゃない。じゃなきゃ、あれだけ多くの夫婦が離婚するはずがないものな。彼女にとっての幸福が、母親とやり直すことなら、それはそれで認めるしかないと思ったんだ」

「本当にそれでいいの？」

「ああ、もう納得してる。こんな状態で結婚しても、うまくいくわけないさ。結納金も婚約指輪も返してもらった。あちらのおとうさんが、ものすごく恐縮して、何度も何度も頭を下げてくれて、却って俺の方が申し訳ないくらいだった。両親にも会社にも報告は済ませた。さすがに両親はショックだったみたいだけど、無理に結婚して離婚するよりましだろって言っておいた」

「じゃあ、赴任地にはひとりで？」

「気楽なもんさ」

亜沙子は地図を思い浮かべた。北極に近い鍵のような形の半島にある国。遠い、あまりに遠い国。

「出発はいつ？」

「一週間後」

あと一週間、たった一週間。そうしたら功太郎は行ってしまう。

「君にはいろいろ相談に乗ってもらって、感謝してるんだ。結果はこんなことになったけど、まあこれも人生かなって」

「私の方こそ、どれだけ助けてもらったか……」

「月並みだけど、お互い元気で頑張ろうや」

衝動的に、亜沙子はテーブルに身を乗り出していた。

「行ってもいい？」

「え？」

「私、オスロって行ったことがないの。遊びに行ってもいい？」

「もちろん、大歓迎だよ」

功太郎が破顔する。

「ほんとに？」

「いつでも連絡してくれ、待ってるよ」

その言葉が、額面通りでしかないことはわかっている。今の功太郎に、亜沙子の気持ちを慮《おもんぱか》る余裕などないだろう。

自分は単なる友人のひとりだ。その立場でしかない。

それでいい、と、亜沙子は思った。

最初はそれでいい。始まりはそこからでいい。


準備には三か月をかけた。

亜沙子は会社に在宅ワークの申し出をした。告げると、総務課長は困った顔をした。

「ついこの間、相田くんが在宅になったばかりだしなあ」

「すみません」

「いったん嘱託になると、正社員に戻れないことはわかってるよね」

「はい」

「理由を聞かせてもらえるかな？」

「しばらく日本を離れることになりました」

「どれくらいだろう。場合によっては、休職という形にしてもいいが」

「帰国時期は決めていないんです」

課長はますます困惑の表情を浮かべた。もしかしたら、婚約解消に傷ついて無鉄砲をしようとしている、と思ったのかもしれない。

「本当にそれでいいのかい？　後悔はないんだね」

「はい」

「まあ、そこまで言うなら、手続きをしておこう」

「よろしくお願いします」

ほっとした。これでとにかく仕事は続けられる。給料は三分の二になるが、海外に行っても、贅沢さえ望まなければ何とか生活できるはずだ。

母にはまだ何も知らせてはいない。こうして秘密裏に準備を進めている自分を「何てひどい娘なのだろう」と思う。しかし、ここで決心しなかったら、母の呪縛から永遠に逃れられない。


夕食を終え、片付けを済ませて、亜沙子はソファでテレビを観ていた母に声を掛けた。

「おかあさん、ちょっといい？」

出発の五日前だった。荷物とチケットの用意もすべて終えていた。

「なあに？」

亜沙子は母の向かいに座り、背筋を伸ばして呼吸を整えた。

「私、オスロに行くことにした」

行きたい、でも、行かせて、でもなく、宣言だった。

母にはすぐに意味が伝わらなかったらしい。

「オスロ？」

「北欧にあるノルウェーの首都なの」

母はしばらく黙った。

「仕事？　それとも旅行で？」

「ううん」

亜沙子は首を横に振る。

「じゃあ、何なの？」

「私、そこに好きな人がいるの。その人のところに行きたいの。出発は五日後だから」

聞いたとたん、母の表情がみるみる強張り、頬が紅潮した。

「何なのそれ。かあさん、何も聞いてないわよ」

「うん、ごめん。初めて話してる」

「急にそんなことを言われても、かあさん、何を言っていいのかわからない。好きな人って、亜沙ちゃん、あなたそんな人がいたの？」

「うん」

「いったいいつまで行ってるの？　どれくらいで帰って来るの？」

「決めてない」

「決めてないって……」

「あっちに行ってから、ゆっくり考えようと思ってる」

「それはどういうこと？　帰らないこともあるかもしれないってことなの？」

「もしかしたら、そうなるかもしれない」

「なんですって」

母は悲鳴に近い声を上げた。

「いったい、その人はどういう人なの？　仕事は何をしているの？　ご両親は？　年は？」

「ファンド会社に勤めてる。年は私よりひとつ上。あとは、知らない」

「知らないって、そんな素性もわからない人のところに行くつもりなの」

「好きなの、その人のことが」

「そういう人がいるなら、もっと早く話してくれればいいじゃないの」

「話しても、許してもらえない気がした」

「どうして勝手にそういうふうに思うの。話には順序ってものがあるでしょう。亜沙ちゃんは今、それを無視して無理を通そうとしているのよ。もう、子供じゃないんだから、そんな勝手が許されるはずがないじゃないの。こういうことは、かあさんとふたりでゆっくり話し合って決める問題でしょ。田畑さんのことで、亜沙ちゃんが怒ってるのはわかってる。かあさんも、申し訳ないと心から思ってる。だからといって、亜沙ちゃんは自分さえよければいいの？　後のことはどうなってもいいと思ってるの？」

「ひどいやり方だってわかってる。でも、私、どうしても行きたいの」

「まさか亜沙ちゃんに、こんなひどい仕打ちをされるなんて思ってもいなかった」と、母がぽろぽろと涙をこぼし始めた。

「おとうさんが死んでから、亜沙ちゃんだけが生きがいだったのに。こんなこと言うと、また亜沙ちゃんに恩着せがましいって非難されるかもしれないけど、いつだって亜沙ちゃんのことを最優先に考えて来たのよ。母ひとり娘ひとり、これからもお互いに助け合い、支え合って生きていきたいと望むのは、そんなにいけないことなの？　こんなやり方で、内緒で計画をたてて、自分だけの都合を押し通すなんて、どうしてそんなひどいことができるの？」

母が愛情と信じるものを、娘は束縛と捉える。娘が旅立ちと認識するものを、母は見捨てられたと嘆く。どちらが正しい、どちらが間違っている、と、誰が決められるだろう。答えは永遠にふたつだ。

「わかってる。育ててもらったことは、心から感謝してる。でも、私とおかあさんは別の人間なの。私は自分の人生を生きたいの」

母は涙を拭おうともせず、訴えた。

「そんなこと、もちろんわかってるわ」

「でも、いつも感じていた。おかあさんの思いが重かった」

「母親の愛情を、そんなふうにしか受け止められないの？　すべてはかあさんのせいなの？　亜沙ちゃんはどうなの？　都合のいい時だけ私に頼って、ご飯を作らせて掃除させて洗濯させて、用がなくなったら邪魔者扱いなんて、あんまりじゃないの」

「わかってる、責められて仕方ないと思ってる」

「だったら、どうして」と、言うや否や、母が胸に手をやった。

「ああ、苦しい……」

しかし、その仕草はもう芝居がかっているとしか映らない。

「もう、やめて。おかあさん、私、知ってるの。薬を飲んでないことも、医者に行ってないことも」

母の動きが止まった。顔から表情が消えていた。亜沙子に向けたその目も、その頬も、まるで亜沙子の知らない誰かのように見えた。

「もう、決めたの。何があっても気持ちは変わらない。私のこと恨んでくれて構わない。でも、私は行くから」

亜沙子はソファから立ち上がって、部屋に入った。ドアを閉める手がぶるぶる震えていて、自分がどれほど緊張していたか思い知らされた。

やっとつけた決心である。もしここで情にほだされ、母を受け入れてしまったら、何も変わらない。今までと同じ生活が繰り返されるだけだ。そして、亜沙子はリアルに想像できるのだ。いつか必ず、私は母を心の底から憎むようになる。

19　千遥

母は少しずつ、リハビリの成果が現れるようになっていた。

医者も予想よりずっと回復が早いと驚いている。ご飯をこぼすことが少なくなり、手摺りを摑めば自分で身体を起こすことができるようになった。「ジュース」や「ごはん」「テレビ」といった、短い単語も出るようになり、機嫌のいい時は、鼻歌を口ずさんだりした。

週末には一時帰宅の許しが出た。

「みんなでご飯を食べるの、久しぶりだね」

母の顔もほころんでいる。夕食のメニューは何にしよう。母はまだ固いものがうまく飲み込めない。煮魚にしようか、豆腐料理にしようか。茶碗蒸しもいいかもしれない。

「ねえ、何がいいかな？」

けれども、隣を見ても、ミハルの姿はどこにもない。


〈結婚しないってどういうこと。千遥、頭がどうかしちゃったんじゃないの？〉

あの時、ミハルは金切り声を上げた。

「私、かあさんと、やり直したいの」

〈馬鹿を言わないで。何であんな母親の介護を引き受けなきゃならないのよ。功太郎と結婚すればいいの、一緒にオスロに行けばいいじゃない〉

「私は功太郎が好きだったんじゃない。かあさんに認められたくて、功太郎を利用したの。今はそれがよくわかる」

〈それだっていいじゃない。それで、幸福になれるんだから〉

「幸福というなら、私は今、とても幸福よ。かあさんと、こんなに穏やかに暮らせるようになるなんて思ってもみなかった。子供の頃から、ずっとずっと、こんなふうにかあさんと過ごしたかった。二度と手に入れられないと諦めていたものが、叶えられたんだもの」

〈それが千遥の答えなの？〉

「そうよ」

〈ここまで馬鹿だとは思わなかった〉

最後、ミハルは吐き捨てるように言った。


「かあさん、おはよう」

週末、千遥は病室に顔を出した。

「今日は一時帰宅だからね」

母もそれを理解しているらしく、表情は明るい。

「じゃ、車椅子に乗ろうか」

千遥は母が身体を起こすのを介助した。まずはベッドに腰かけさせ、それから身体を抱きかかえながら、車椅子に移動させる。座らせようとした時である。車椅子が動き出した。ストッパーをかけ忘れたことに気が付いた。慌てて母の身体を抱え直したのだが、体勢を立て直すことはできなかった。「あっ」という叫び声と同時に、ふたりして床にひっくり返った。

「ごめん、大丈夫だった？」

千遥は慌てて母に声を掛けた。しかし、母はベッドの枠にでも額を打ち付けたのか、眉の上に血が滲んでいた。

「大変」

千遥はすぐにナースコールをした。

幸いにも、母の怪我は大したことはなかった。額に絆創膏が貼られる程度で済んだ。しかしそれとは別に、床に落ちた時、少し腰を捻ってしまったらしい。結局、医師の判断で一時帰宅は中止になった。

「ごめんね、かあさん……」

どうしてストッパーを確かめなかったのだろう。千遥は後悔するばかりだ。せっかく楽しみにしていたのに、私の不注意でこんなことになってしまった。

ベッドに横になった母も、すっかり落胆し、表情を暗くしている。そんな様子を見ていると、自分があまりに不甲斐なく思えて、千遥は思わず涙ぐんだ。

「私のせいで、本当にごめん……」

指先で涙を拭う千遥を、母は見つめ返した。それから、わずかに口を開いた。

「えっ、何？」

母が何か話そうとしている。千遥は急いで母の口元に耳を近づけた。

母は言った。

「泣けば……許されると……思うな」

20　亜沙子

出発までの間、針の筵《むしろ》に座るとはこういうことかと実感した。

母は決して、亜沙子と言葉を交わそうとはしなかった。目すら合わせなかった。パートには出掛けているが、家にいる間は部屋に引きこもったままだった。

これでいいのだと、亜沙子は思った。

母に祝福されようなんて思っていない。こんな反応は、もともと承知の上での決心ではないか。

功太郎とはメールで連絡を取り合っている。到着便を伝えると「迎えに行くよ、楽しみだなぁ」と、呑気な返事があった。功太郎は今も、亜沙子が旅行で来るものだと思っている。

気持ちを押し付けるつもりはなかった。たとえ功太郎に受け入れられなかったとしても、その時はその時だと思っている。先のことはまだ考えてはいない。きっと何とかなる。無謀だとわかっていても、今の自分にはその無謀さがどうしても必要だった。

出発当日。

亜沙子は母の部屋のドアをノックした。

「おかあさん、じゃあ、行くね」

返事はなかった。もちろん、それも覚悟していたことである。

「身体に気をつけてね。勝手なことをして、本当にごめん……」

キャリーバッグを手に、玄関先に向かった。

「亜沙ちゃん」

背後から声を掛けられて、亜沙子は足を止めた。振り返るのが怖かった。もしかしたら、前のように、包丁を手にしているのではないか。

おそるおそる振り返ると、母が立っていた。

「気をつけて行ってらっしゃい」

驚いたことに、母は笑みを浮かべていた。

「おかあさん……」

「私のことは心配しないでいいの。亜沙ちゃんに言われてよくわかったわ。私はあなたを縛り付けていたのね。ごめんなさい。これからは、あなたの好きなように生きるといい」

「いいの、本当にいいの?」

「亜沙ちゃんの人生は、亜沙ちゃんのものだもの」

ああ、やっぱり母はわかってくれた。子供の頃からそうだったように、母はいつだって、最後には私の味方になってくれるのだ。

亜沙子は胸がいっぱいになった。

「おかあさん、ありがとう……」

亜沙子は瞳をうるませた。父が死んでから、母の前では決して涙を見せないと誓って来た。

でも、もう、私は母から自由になる。もう、泣くのを我慢しなくていい。

こぼれ落ちる涙を拭うと、亜沙子は母に見送られながら玄関を出た。

不安はある。たまらなくある。しかし、それよりもはるかに大きな解放感があった。目の前に広がるのは自由である。限りない困難が待ち受けた、バランスの悪い自由には違いないが、亜沙子の心は軽かった。

亜沙子は背筋をぴんと伸ばし、地下鉄の駅に向かって歩き始めた。

エピローグ

《久しぶりの更新です。

何だかすっかりばたばたしていて、なかなかブログを書く余裕がありませんでした。

今日はまた、ご報告をしなければなりません。

娘がしばらく海外に出掛けることになりました。

最初に話を聞いた時は、ひとり旅なんて大丈夫かしら、と、ずいぶん心配したのですが、こずっと体調のよくなかった私のそばに付いていてくれた娘です。そのお礼の気持ちも込めて、快く送り出してあげました。

考えてみれば、母ひとり娘ひとりということもあって、子供の頃から、何をするにも私とふたりで行動することが多かった娘です。

きっとこの旅は、さまざまな経験を娘にもたらしてくれるでしょう。辛いことも、怖いことも、もしかしたら、頼った人に裏切られるようなことも起こるかもしれません。

でも、それでいいのです。そうやって、娘は本当に大切なものが何なのか、自分を大切に思ってくれるのが誰なのかを知るのでしょう。

娘のことは誰よりもよくわかっています。私が産んで、私が育てた娘です。この世の中で、血の繋がったたったひとりの娘なんです。

娘が帰って来たら、ふたりで猫を飼おうと決めています。

今からそれを楽しみにしています。》

本書は「GINGER L.」(2013 SUMMER 11〜2014 WINTER 17)に
連載されたものに加筆修正しました。

〈参考文献〉
『私は私。母は母。』加藤伊都子(すばる舎)
『母を棄ててもいいですか?』熊谷早智子(講談社)

〈著者紹介〉
唯川恵　1955年金沢市生まれ。2001年『肩ごしの恋人』で第126回直木賞受賞。08年『愛に似たもの』で第21回柴田錬三郎賞受賞。『燃えつきるまで』『雨心中』『テティスの逆鱗』『途方もなく霧は流れる』『手のひらの砂漠』『逢魔』など著書多数。

啼かない鳥は空に溺れる
2015年8月5日　第1刷発行

著　者　唯川 恵
発行者　見城 徹

発行所　株式会社 幻冬舎
〒151-0051 東京都渋谷区千駄ヶ谷4-9-7

電話:03(5411)6211(編集)
03(5411)6222(営業)
振替:00120-8-767643
印刷・製本所:株式会社 光邦

検印廃止

ISBN978-4-344-02795-4 C0093
幻冬舎ホームページアドレス　http://www.gentosha.co.jp/

この本に関するご意見・ご感想をメールでお寄せいただく場合は、
comment@gentosha.co.jpまで。